DA AN

Foram encontrados vestígios, com dizeres semelhantes, nos poucos pergaminhos que sobreviveram ao avanço da floresta sobre a biblioteca de Siem Reap, do período de ouro Khmer. Curiosamente, palavras que aparentavam ter o mesmo sentido também foram encontradas nas ruínas Maias e nos templos Incas de Machu Picchu. O respeitado arqueólogo alemão Dr. Mathias Volengrad registrou suas descobertas no famoso "Wichtensztadt Gezunzt" de 1825, livro clássico para todos os egiptólogos, a partir das observações de seus colegas, o inglês Dr. Winston Gaeldt e o francês Dr. Pascal Gayet, discípulo e assistente de Jean-François Champollion em suas pesquisas sobre a Pedra de Roseta, que abriu as portas aos escritos em hieróglifos. Não poderíamos deixar de destacar a importante contribuição do estudioso iraniano Farzad Rudabeh, professor de estudos clássicos na antiquíssima Universidade de Ispahan. Devemos também destacar os textos em chinês arcaico que foram descobertos no mesmo local em que escavações arqueológicas efetuadas no sítio de Yueyang, na cidade de Xi'an que expuseram a mais antiga privada com descarga do mundo, com mais de 2400 anos. Privadas desse tipo só foram descobertas na Europa há cerca de 350 anos, para comparar. Com pequenas variações, escritores em várias épocas e civilizações compartilharam com seus leitores o seguinte axioma:

"Que tenham o mesmo prazer ao ler que eu tive ao escrever"

A TENTATIVA DO IMPOSSÍVEL

Roland Fischmann

Félix tinha reputação de ser um pintor talentoso. O que poucos sabiam era que fazia, sob encomenda, falsificações muito apreciadas de quadros de grandes mestres. Poucas a cada ano. Muito discreto, só aceitava pedidos de dois *marchands*, unicamente por carta, endereçada a uma antiga caixa postal localizada no correio central de São Paulo. Nada mais arcaico, discreto e anônimo. Além desses cuidados, ser brasileiro o tirava do foco das polícias europeias e americanas que investigavam quadrilhas de falsários de obras de arte.

"Sou um dos poucos artistas vivo com obras expostas em museus", dizia rindo, mal disfarçando sua frustração, às poucas pessoas com quem se sentia livre para falar sobre si mesmo: seu pai, Edmundo, e Berenice, amante e amiga. Havia herdado o grande talento artístico de Edmundo que lutou toda sua vida para que seu filho encontrasse um caminho, sua identidade como artista. Edmundo - pintor consagrado -, vivia agora em um asilo, pois sofria as dores e outros sintomas de um câncer que o mataria em breve. Félix ainda não sabia que logo iria perdê-lo, pois estava na Europa para mais uma de suas encomendas. Ficou por lá algumas semanas para um projeto particularmente difícil, mas rentável.

Sua mãe, de rara beleza, se matou ainda jovem, deixando seu pai traumatizado e um jovem órfão. Félix tinha a beleza e a melancolia de sua mãe, o que sempre assustou seu pai. A encontraram em uma banheira rubra de sangue, a água fria. Levaram o corpo inerte ao hospital, mas não foi possível salvá-la. Nunca souberam por que havia colocado uma toalha sobre o rosto. Talvez se sentisse melhor, talvez aquecida...

Muitos anos depois, quando Félix viu a tela "Les Amants" de Magritte, certamente inspirada na lembrança do suicídio da mãe do artista belga, que foi encontrada afogada com o vestido branco enrolado sobre o rosto, não pode deixar de emocionar-se. Sim, ele seria seu irmão, o grande inspirador de sua obra artística. Descobriu o mestre surrealista belga devido à encomenda que recebeu para a falsificação de uma tela de Magritte perdida durante a guerra. Dela somente uma foto havia restado, após os bombardeios nazistas sobre Londres durante a IIª Guerra. Foi adquirida por um colecionador inglês nos anos 30 e se perdeu nos escombros da casa destruída. A ideia, como em outras ocasiões, era de se criar um cenário no qual, por um feliz acaso, o tal *marchand* encontra a tela "perdida" escondida em algum obscuro sótão perdido na cidade, em troca de alguns trocados para o proprietário do imóvel, ignorante do real valor da obra.

Alugou uma casa num subúrbio de Bruxelas para este projeto. Enquanto estudava a obra de Magritte, ficava mais e mais apaixonado por aquele artista ao mesmo tempo "normal" e revolucionário. Na medida em que avançava em suas pesquisas, Félix se identificava cada vez mais com aquele mestre que pintava como alguém decifrando enigmas ocultos em objetos, criando metáforas instigantes. Telas como "A

Tentativa do Impossível" ou "Clarividência" foram a descoberta da essência da vida para Félix, uma epifania.

Aquelas falsificações, contudo, o estava machucando, sem que nem mesmo entendesse o porquê. Uma noite bebeu tanto que, ao sair de mais um bar, tropeçou numa viela escura, caiu e bateu com a cabeça na guia da calçada. Teve sorte que ainda não era inverno, mas mesmo assim, quando, após um período inconsciente, se levantou hesitante, com o rosto cheio de sangue e um enorme galo na testa, sentiu-se congelado e não conseguia parar de tremer. Cambaleou até sua residência, tirou suas roupas, encheu a banheira de água bem quente e mergulhou nela para limpar a crosta de coisas ruins impregnadas em si mesmo. Naquele momento Félix pensou seriamente se não iria fazer alguma bobagem ainda maior, tal como sua mãe havia feito muitos anos antes. Lembrou-se dela, poucas imagens, um abraço no jardim, uma queda da bicicleta que havia ganhado no Natal e o colo para sossegá-lo. O choro descontrolado do seu pai naquele dia...

Agora, pela primeira vez, sentia o que lhe pareciam ser as emoções de sua mãe desesperada. A intolerável depressão, a solidão extrema, a falta de sentido de uma vida que parecia fútil, o eu pronto a ser jogado na lata de lixo. Se repetisse tal besteira, talvez seu pai sofresse – sim, seria um golpe. Viver para copiar a arte dos outros. Ninguém o enxergava. Estava muito confuso, infeliz consigo mesmo. Bebia e cheirava cocaína cada vez mais. Aquele tombo foi um sinal: estava chegando a uma encruzilhada. Sentia que havia chegado o momento de decidir: se reconstruir ou acabar com tudo lá mesmo.

Jette, subúrbio de Bruxelas, ainda era um bairro operário naqueles dias, tal como fora na época em que Magritte lá vivia, sem nenhum charme, feio mesmo. Na mesma rua em que o pintor viveu na Rua Esseghem, Félix chamava a atenção da vizinhança flamenga branca, por sua tez morena e latina. Foi lá que achou nos brechós, os apetrechos para vestir-se tal qual o mestre de "La Gioconda": calça, sapato, terno e sobretudo preto, com o indefectível chapéu coco e guarda-chuva. Ninguém mais se lembrava do pintor que lá havia vivido. Estudava e copiava as telas do mestre surrealista, inclusive com ajuda de modelos que contratava para sessões de pintura. Notívago, preferia trabalhar durante as madrugadas silenciosas, sempre com muito vinho e cocaína. A solidão, a mistura de álcool e drogas acabou por cobrar seu preço quando, num violento ataque de fúria em frente a uma tela onde se dedicava a copiar "Le Viol" - "O Estupro" -, pegou uma panela de ferro onde mantinha o chá quente e golpeou a cabeça da pobre mulher que posava nua naquela fria e úmida madrugada de outono.

O golpe foi violento. Se tivesse sido socorrida rapidamente, talvez pudesse ter sido salva, mas Félix estava bêbado e desfaleceu ao lado da mulher maltratada, caída sobre o colchão. Muitas horas depois acordou ao lado de um cadáver frio e uma poça de sangue coagulado. Teve dificuldade para reconstituir o que havia ocorrido. Não se lembrava de tê-la golpeado, mas admitiu que só poderia ter sido ele. Estranhamente, não ficou nervoso, nem desesperado. Manteve a calma para raciocinar. Permanecer senhor de si mesmo lhe trouxe um inexplicável prazer. Como podia se sentir feliz diante de uma tragédia em sua vida? Talvez tivesse diante de si mais de 30 anos de cadeia em um país que não era o seu, distante de todos, distante de seu pai... Teve que admitir, porém, que conseguir raciocinar friamente, sobriamente, lhe dava uma sensação de poder, de ser dono do seu destino. Ao mesmo tempo em que calculava seus próximos passos sentia em si uma forte centelha criativa: muitas novas composições surgiam em meio a pensamentos caóticos numa descarga energética que nunca havia sido testada antes com tal intensidade.

Com um frio na espinha, sentia haver encontrado um caminho de expressão de sua arte, um caminho só seu. Aquele cadáver não seria um problema difícil para resolver. Tinha terreno no fundo da casa com muros altos. Ninguém sabia que ela lá estava, pois havia encontrado aquela mulher em um site de prostitutas. Como nunca gostou de computadores, havia usado uma "lan house" próxima de sua casa para pesquisar fotos daquele site de prostitutas até achar um corpo que lhe pareceu útil para o quadro que estava pintando. Pouco tempo depois saiu para comprar uma pá e enxada numa loja de materiais de construção e preparou a cova durante a madrugada. Comprou também grama para plantar sobre a cova. O inverno ainda não havia chegado com toda a intensidade, o que lhe facilitou o trabalho de escavar, pois a terra ainda não havia congelado.

Não sabia onde tudo aquilo iria levá-lo, mas desconfiava que sua vida nunca mais fosse a mesma. Sentia-se mais corajoso do que nunca. Corajoso? Uma ova! A pobre moça não teve nenhuma chance de se defender. O golpe seco e violento veio sem aviso, na parte traseira do crânio, na nuca, provocando uma hemorragia fatal. Félix sabia disso, mas, ao mesmo tempo, o autocontrole e a ausência de remorso eram uma enorme vantagem. Sempre seria uma surpresa fatal para qualquer um que descobrisse a verdade da qual seria tarde demais para escapar, destino selado. Quem poderia imaginar que um artista jovem, bonito e talentoso escondesse tal segredo. Seu olhar se revelaria frio e implacável nos momentos derradeiros quando sua vítima não teria mais escapatória. Antes disso, uma conversa vulgar, um copo de vinho, um convite para conhecer seu atelier. Félix sabia também que suas futuras vítimas seriam sempre mulheres de meia idade, prostitutas, envolvendo muito menos risco. Não sentia em si motivação em machucar inutilmente suas presas - não era um sádico. Ficaria satisfeito com o derradeiro olhar suplicante ao descobrirem o seu destino fatal. Mais que isso, procuraria a descarga energética e criativa que se traduziria em mais uma série de composições até esgotar-se o efeito galvânico daquele assassinato. Tudo ainda estava em sua imaginação fértil. Ele esperaria o momento oportuno para concretizar o impensável.

Queria terminar logo aquele projeto e voltar para contar ao seu pai que uma nova fase de sua vida estava começando. Nos dias seguintes trabalhou febrilmente para terminar a encomenda enquanto esboçava outras telas que contava desenvolver quando voltasse a São Paulo e pensou se não teria sido imprudente. Sim, claro que havia sido incauto, embora não houvesse como ligá-lo àquela prostituta. Mas, e se ela tivesse contado para alguma colega? Afinal, teve de lhe passar o endereço. Sim, aquilo fora um desatino, um pecado que jurou nunca mais cometer. Teria que contar com a sorte naquele caso.

É claro que nada contaria a seu pai sobre a tal mulher. Mataria novamente? Não tinha certeza, mas desconfiava que sim. Não estaria bêbado então. Matar não combina com a mente fraca, desconectada. Cada nova ação teria que ser meticulosamente planejada, como em qualquer pintura. Cada pincelada é pensada, cada massa de tinta, cada detalhe da composição.

Não tinha dificuldade em relacionar-se com as mulheres, mas era essencialmente uma personalidade reclusa. Tinha duas namoradas a quem procurava quando sentia vontade de, por exemplo, conversar - nesse caso era com Berenice que se encontrava. Quando queria comer e beber um bom vinho, era com Sylvia que gostava de estar. Ambas terminam a noite em sua cama. Não era desejo sexual que o movia a matar nem algum desejo sádico de fazer suas vítimas sofrerem. Na verdade, o sentimento de poder e de ser dono do destino de outrem lhe fornecia uma descarga energética que se traduzia num impulso criativo que duravam muitas semanas.

Terminou a tela. Verificou que a grama que havia plantado sobre a cova secreta daquele quintal a escondia perfeitamente. Voltou ao Brasil depois de liquidar todos os detalhes de sua proveitosa estada naquele subúrbio cinzento e sem graça de Bruxelas.

Entregou a encomenda e chegou à conclusão de que com o dinheiro que tinha acumulado poderia dedicar os próximos anos à sua arte, à procura de seu caminho artístico e à sua nova brincadeira.

Pensava em como havia chegado a matar. Criação artística e assassinatos combinam? Não era somente matar friamente: não, há um imenso prazer, uma adrenalina que nenhum esporte radical pode suplantar. Saltar de paraquedas, bungee-jump, mergulhar entre tubarões e alimentá-los - nada disso pode de longe comparar-se com a excitação em observar de perto olhos se fechando e um último sofrido suspiro ser exalado de uma boca que nunca mais dirá nada, de um corpo que não moverá mais nenhum músculo. Prazer na morte: embriaguez de poder. Como entender essa excitação com tudo que sempre defendeu, como os direitos das minorias, dos gays, dos travestis, dos negros, dos pobres, dos sem-teto, dos sem-terra, dos sem-alguma-coisa. Jamais! Impossível! Quando estudante participava de manifestações pelos direitos humanos, contra abusos, contra o golpe do "impeachment"... Achou que tudo não passava de uma imensa manipulação política por parte da imprensa golpista, burguesa, aliada a uma crise econômica importada que deixou o PT sem apoio da sociedade. Não era ingênuo, sabia que líderes petistas haviam participado de esquemas corruptos, mas não podia admitir que se derrubasse um governo progressista, palavra mágica, por uma corja de neoliberais corruptos, outra palavra mágica.

Teve uma educação humanista, tanto em casa como nas escolas que frequentou. Jamais seria um soldado disciplinado, imaginava, pois matar alguém sem escolher, de longe, sem emoção, obedecendo a ordens estúpidas de alguém igualmente ignorante não fazia parte de seu caráter individualista. Matar por ciúmes - nem pensar, não sentia tal emoção a não ser do seu finado pai. Roubar - nem pensar, não precisava. Pelo contrário, se fosse porventura assaltado, convidaria o meliante para jantar e entregaria todo o conteúdo de sua carteira.

Descobriu, por acaso, este jogo extremo de poder, brincar de Deus. Estava escondido até a idade adulta e, se não fosse por aquele incidente, talvez ainda estivesse adormecido. Agora, ele sabia, não poderia nunca mais se livrar daquele *"ecstasy"*. A droga era por demais poderosa - viveria e morreria por ela. Havia nascido, sem saber, completamente dependente, até descobrir que pintar e matar eram parte de um mesmo processo. Era como se jamais houvesse pintado antes do primeiro cadáver. Era sua profissão, sua essência, assim como extrair o último suspiro de suas vítimas. Não podia mais ficar falsificando as pinturas de outros, agora precisava pintar à exaustão de cada dose daquela droga, suas pinturas, sua arte. Ficou forte demais, poderoso demais e essa energia se via expressa em suas pinturas que transpiravam emoções psicóticas. Mesmo em paisagens idílicas, se via a luta pela vida e a morte presente a todo o momento. Quem nunca viu a Figueira Mata Pau ou Gameleira, árvore que nasce sobre outra em abraço mortal na Amazônia, sem remorso nem pena. Asfixia sua hospedeira, de quem depende para nascer e crescer. Ela também enxerga o último "suspiro" de suas vítimas. Em uma das poucas paisagens que pintou havia exatamente o abraço mortal da Gameleira que dava título à obra.

Estava escrito no DNA desse assassino sua dependência dessa droga, desse poder e do prazer que tirava de desvendar para suas vítimas seu destino inapelável. O olhar que deriva da compreensão de que nada podiam fazer a não ser esperar por seu derradeiro momento de consciência era excitante demais para que ele algum dia pudesse se desvencilhar da armadilha em que havia se metido. Cada ser vivo, desde os unicelulares, tem inscrito em seu DNA uma estranha odisseia. Pela sua complexidade e, relativamente longo período de vida, o ser humano é capaz de múltiplas escolhas. Este conjunto de decisões identifica nossa individualidade e eventual "sucesso" em obter da vida a satisfação que nosso DNA onipotente exige.

Teria podido resistir? Seria possível tratar-se? Não, ele sabia que se dissesse para alguém, para um psiquiatra, por exemplo, seria internado imediatamente, por ser extremamente perigoso. Aquela trilha teria que ser trilhada, *"no matter what"*, de qualquer forma, custasse o que custasse. Sabia dos riscos, sabia que algum dia seria fatalmente descoberto. Sabia também que não poderia viver enjaulado. Sabia de muitas coisas, menos seu destino. Queria compartilhar aquilo com outros, mas somente através de sua arte, que iria refletir as forças telúricas que haviam sido desencadeadas. Todos que viram suas primeiras produções após a primeira vítima ficaram espantados com a evolução evidente de sua arte. Muitos disseram que a maturidade artística havia chegado, a temática violentamente humana que agora era capaz de mostrar em suas pinturas seria dificilmente igualada. Havia uma energia, uma eletricidade raramente vista em outros artistas. Talvez Van Gogh, Bosch. Não a delicadeza espiritual de Manet, mas a violência que Pollock ou Schiele sabiam colocar em suas telas. Embora tenha sido Magritte o primeiro causador daquela catarse e da descoberta de seu verdadeiro eu, sentia haver uma estranheza entre a paixão que sentia por aquele pintor cerebral e as emoções violentas que tendia a mostrar em suas pinturas, nos temas que visitava. Precisava ainda encontrar o correto equilíbrio entre aquelas duas influências tão fundamentais em sua arte.

No avião, durante a viagem de volta, teve tempo de planejar febrilmente seus próximos trabalhos e também a forma de comunicação que iria adotar para tornar a brincadeira ainda mais divertida. Era um artista e um artista precisa de visibilidade. Não podia guardar somente para si sua criação. Precisava encontrar uma alma esclarecida no meio policial para desafiar com seus enigmas. Acima de tudo, estava ansioso por contar ao seu pai Edmundo que havia encontrado um caminho, não mais a falsificação, a mentira. Não conseguia pregar os olhos durante a viagem - estava tão excitado, tão ansioso por começar a trabalhar...

Durante o voo imaginou uma nova composição para a qual tinha até mesmo um título: "O Sétimo Selo", as primeiras palavras do Apocalipse ("E havendo aberto o sétimo selo, fez-se silêncio no céu quase por meia hora" - Apocalipse 8:1). Sim, era uma homenagem a Bergman e ao seu filme. Procurava da mesma forma, buscar um diálogo com a morte, um jogo de vida e morte com o personagem que é dono de nossos destinos. O tema, não por acaso, tornou-se uma ideia central na obra de Félix. A pintura que desenvolveu após os primeiros esboços feitos ainda durante o voo ilustrava um quarto onde um homem acaricia uma cadeira de balanço, como se estivesse tocando a pele de uma mulher. Olha para a cadeira como se fosse um objeto carregado de sensualidade. No quarto ao lado uma mulher dorme tranquilamente coberta com um lençol que deixa aparecer suas formas. Na porta de entrada da sala de estar, encontra-se o personagem que se tornaria o *alter ego* de Félix, a Morte, tal como foi retratado por Bergman em seu filme: uma figura vestida de preto com o rosto muito branco, sepulcral. A figura tem evidentemente os traços do rosto de Félix. A Morte está visitando aquela residência...

Acordou pouco antes do pouso, suado e cansado, mas assim que chegou dirigiu-se à sua casa, no bairro boêmio da Vila Madalena em São Paulo, numa pequena vila, convenientemente fora do trânsito e do barulho das noites agitadas de sábado. No fundo da casa havia uma edícula onde mantinha seu atelier. Deixou suas coisas, tomou um banho, trocou sua roupa e foi imediatamente visitar seu pai no asilo em que ele vivia na Vila Mariana.

Quando lá chegou lhe disseram que ele estava internado em um hospital. Félix não sabia que o câncer estava tão avançado. Edmundo nunca disse ao filho toda a verdade sobre sua doença e que havia se preparado para a morte próxima. Dois anos antes havia sido diagnosticado com um câncer de próstata. Vendeu seus bens e deixou um estoque de telas para o filho. Ele não teria problemas para viver, tinha certeza, mas ainda era motivo de preocupação: seu filho tinha talento, mas estava perdido, sem rumo e, principalmente, solitário. Artistas plásticos costumam depender uns dos outros para conseguir visibilidade no mercado da arte.

Félix o encontrou medicado para minimizar as fortes dores. Teve ainda alguns poucos dias de vida e momentos de lucidez para falar com o filho e despedir-se. Edmundo ficou contente com as boas novas que Félix lhe contou. Faleceu numa madrugada fria e foi enterrado ao lado de sua esposa, sem amigos, sem outros parentes, sem padre, sem nada, como queria.

Nos meses que se seguiram, Félix viveu uma vida quase normal. Liquidou os negócios remanescentes de seu pai e se surpreendeu com a acolhida de sua obra no mercado. Conheceu o *marchand* que costumava comprá-las. Este quis conhecer suas pinturas e demonstrou interesse em organizar uma primeira exposição. Estava tudo se encaminhando bem quando Félix ficou sabendo de uma exposição dedicada à produção artística de policiais. Foi visitá-la em uma ala do edifício sede do Batalhão Tobias de Aguiar, a ROTA, na Avenida Tiradentes. Procurava-se, através desse incentivo à produção artesanal da tropa, humanizá-la e reduzir sua letalidade, dizia o folheto de divulgação daquela exposição.

Lá conheceu a produção do Tenente Rigoberto. Chamou sua atenção os traços firmes e o uso correto da paleta de cores. Procurou discretamente saber seu nome completo e onde estava baseado o tal tenente. Obteve as informações que queria e saiu rapidamente com a cabeça rodando.

Chegou a sua casa e abriu uma garrafa de vinho. Sentou e ficou olhando para a janela e para a claraboia, alternadamente, como se não estivesse presente. Ele havia matado em Bruxelas e trouxe de volta consigo o assassino à Vila Madalena. Era somente uma questão de tempo.

Horas depois, com a garrafa vazia, ligou para Sylvia e a convidou para jantar no Nello's, perto de onde morava. Sylvia era morena, alta, bonita e independente. Executiva de um banco, divorciada, com uma filha adolescente, não queria nenhum compromisso formal, depois de um casamento desastroso. Gostava da companhia inteligente de Félix e de sua cama amoral.

Aquela *trattoria* lhe trazia boas lembranças de quando lá ia com seu pai. Edmundo conhecia e era amigo do falecido Nello que participou do movimento neorrealista da Cinecittà. Félix guardou esta lembrança feliz e gostava de frequentar a *trattoria* ainda administrada pelos filhos de Nello. Fazia bastante tempo que não procurava Sylvia que ficou surpresa quando ouviu sua voz ao telefone.

- Oi, Sylvia

- Félix? Não acredito. Você ainda existe?

- É verdade, sumi. Estive fora do Brasil para desenvolver um projeto.

- Onde você estava?

- Deixa pra lá. Depois te conto. Quer jantar? Tá livre?

- Humm... Não sei. Você vai querer me comer e depois vai sumir.

- É verdade. Foi sempre assim. Você sabe que é assim que te amo.

- Tá bem. Onde?

- Pensei no Nello's. Meu pai morreu e estou com saudades daquele lugar.

- Você quer que eu te pegue?

- Sim. Pode ser pelas nove?

- OK

Sylvia era uma espécie de "oposto" de Berenice, Edmundo e Félix. Era uma bela mulher, bem sucedida em sua carreira profissional. Com ela Félix compartilhava um espírito competitivo, alegre, irônico, bons restaurantes, bons vinhos que, geralmente, ela se dispunha a pagar. Havia estudado economia na USP e começou sua carreira em uma distribuidora de valores no mercado financeiro. Sua carreira evoluiu para gestora de carteira de investimentos em um banco e após alguns poucos anos havia sido promovida a diretora encarregada de todas as carteiras de investimento do tal banco, especializada na gestão de grandes fortunas. Era um cargo de grande visibilidade e poder que lhe garantia ganhos polpudos. Durante o período da faculdade casou-se com um colega, igualmente competitivo e brilhante. Suas carreiras decolaram e logo ficou claro para ambos que precisavam prosseguir em voo solo, embora tivesse em sociedade uma filha que nasceu pouco após sua formatura. Sylvia conheceu Félix por ocasião de um vernissage organizado pela galeria que cuidava de suas pinturas e que havia sido patrocinada pelo banco em que Sylvia trabalhava. Ela decidiu comprar algumas pinturas que fez questão que Félix escolhesse para ela. Nasceu então uma relação epicurista, sem cobrança e sem culpa. Ela não tinha, ao contrário de Berenice, influência sobre a vida e obra de Félix. Na verdade, como iria descobrir eventualmente, ela poderia ser mais um dos alvos do maior prazer de Félix. No decorrer dos anos, ele ajudou Sylvia a criar uma coleção importante de arte contemporânea, que ele era capaz de avaliar com seu olhar de *expert*. Ele não era fundamental na vida de Sylvia, nem ela representava um pilar em sua vida. Porém, a vida errante de ambos, a ausência de ciúmes, cobranças, tornou a relação entre eles estável, com longas ausências que os amantes compensam nos reencontros.

Foi tomar uma ducha. Às 9 ouviu a buzina na frente de sua casa. Depois de se satisfazerem, ela com um *fusilli* ao limão siciliano e ele com uma das especialidades da casa, o escalope ao molho madeira acompanhado de purê de batatas, tudo regado com um bom Chianti, voltaram ao atelier onde Félix fez questão de mostrar as telas de sua nova fase. Pediu para que ela se deitasse, enrolada em lençóis, pegou seu caderno e um carvão para esboçar uma figura surrealista na qual mal dava para se perceber as costas e nádegas de Sylvia. Félix ligou uma música, tomou mais um gole de vinho e continuou desenhando freneticamente enquanto Sylvia dormia tranquilamente.

Quando amanhecia deitou-se por detrás de Sylvia e aconchegou-se. Ela pensou que, sendo uma manhã de sábado, sem compromissos, não precisava se preocupar. Sua filha havia viajado com amigas para um sítio. Podia, portanto, relaxar. Mais tarde, de banho tomado, Sylvia despediu-se de Félix que ficou trabalhando em várias telas que estava desenvolvendo. À noite o *marchand* de seu pai veio visitá-lo para comprar mais algumas pinturas e aproveitou para dar uma olhada na produção de Félix. Sim, prometia. Comprou as telas em que ele estava trabalhando e prometeu falar com alguns colegas e organizar uma forma de dar mais visibilidade para sua produção. Félix concordou e ficou satisfeito.

Nem tudo estava como queria, entretanto. Algo o estava incomodando. Já havia lido a respeito: sentia-se como o assassino de Goiânia que explicava ao delegado porque matava - "depois do primeiro não pude mais parar", disse numa entrevista à televisão, sem baixar o rosto, sereno. Explicou sobre a unha que sempre cresce e que precisava ser aparada. Pois a unha de Félix o estava incomodando. Para manter o foco em sua pintura precisava mais do que o estímulo mental. Sentia em si o movimento do qual não havia como fugir.

Lembrou-se de outra pintura de Magritte que muito o impressionara: a menina estraçalhando com a boca o pescoço de um pássaro, enquanto outros pombos voavam em volta, como se nada estivesse acontecendo. A roupa com que o pintor vestia a menina de traços bonitos era simples, até virginal. Ele sabia que aquela pintura remetia aos nossos instintos assassinos básicos. O episódio de Bruxelas não havia sido fortuito.

Ele iria matar e depois pintaria mais uma obra. Ambos os movimentos se complementam, se irmanavam em um mesmo instinto criador. Alguém teria que ajudá-lo e o escolhido foi o Tenente Rigoberto, pintor de fim de semana da corporação policial. Agora não seria mais um acidente e não estaria bêbado no momento de criação de mais uma obra - não, tudo seria meticulosamente planejado, até o menor detalhe, como numa composição bem elaborada.

Ocorreu-lhe que a necessidade de compartilhar sua criação, de entender uma composição e a definição estética de sua obra não deixavam de ser ainda mais um ensinamento de seu mestre. Este teve a sorte, ainda jovem, de ter a seu lado poetas e escritores durante a guerra, na Academia de Belas Artes de Bruxelas, dos quais nunca mais se afastou. Para Magritte poesia e pintura sempre andaram juntas, ambas tentando capturar uma emoção, uma metáfora, uma nova visão sobre o mistério que cerca objetos e nosso olhar sobre eles.

Congelava suas epifanias em telas instigantes, às vezes misteriosas.

Félix sentia a necessidade de trazer poesia para sua obra. Basta ver os títulos das obras de Magritte: *A árvore sábia, A carcaça da sombra, As cicatrizes da memória, A invenção da vida, O museu de uma noite, O prazer (a garota comendo um pássaro), O príncipe dos objetos, A tentativa do impossível, A traição das imagens, A evidência eterna, O tempo esfaqueado, A gravitação universal, O reconhecimento infinito.* O contato intenso com os poetas trouxe essa intimidade com a metáfora, com a filosofia e, finalmente, com a descoberta de um caminho artístico surrealista.

É assim que Félix se via produzindo sua arte, mas se sentia isolado. Precisava trocar ideias e projetos com outros artistas e, pela primeira vez em sua vida, apesar de toda insistência de seu pai, procurou a Escola de Belas Artes. Agora, Félix entendia aquilo que seu pai havia tentado explicar em tantas oportunidades. Sentia-se motivado a frequentar as salas de aula da Escola de Belas Artes. Ele sabia que já tinha domínio técnico superior, mas precisava estabelecer vínculos e conhecer outros artistas.

Naquela noite pensou em Berenice e sentiu saudade. Ligou e perguntou se podiam se encontrar. No outro lado uma voz que parecia de alguém adormecido. Félix não se deu conta de que era quase 3 horas da madrugada, mas teve sorte. Berenice demorou um pouco, mas suficientemente acordada, respondeu bem-humorada ao seu namorado eventual.

- Você é uma bola mesmo.
- Desculpe, estava tão entretido em meus pensamentos que esqueci de olhar o relógio.
- Você não estava viajando?
- Sim, voltei há duas semanas.

- E por que não ligou antes? Deixa prá lá. Tudo bem?

- Sim e estou morrendo de saudades.

- Aconteceu algo?

- Não. Estou cheio de ideias e preciso falar.

- Só falar?

- Minha querida, sua bunda maravilhosa não foi esquecida.

Era assim com Berenice. Havia uma intimidade, uma cumplicidade e uma total falta de vergonha. Félix sentia-se à vontade para falar como se estivesse falando com o padre no confessionário. Berenice, em seus 35 anos, era uma mulher de beleza trivial, levemente obesa, mas de uma inteligência e cultura que muito agradavam a Félix. Ela tinha um rosto redondo, a pele muito clara, pequenos olhos castanhos e um nariz aquilino. Lembrava uma beleza grega, uma vestal, sacerdotisa do templo das artes.

Trabalhava como redatora em uma agência de publicidade e havia escrito um romance de pouco sucesso. Era eventualmente convidada a participar de debates sobre a produção literária contemporânea. Enfim, era a pessoa que Félix precisava naquele momento, pois Berenice conhecia todo o pequeno mundo literário de São Paulo e poderia introduzi-lo. Para sua sorte estavam, sem que ele soubesse, bem no meio de um feriado - o da Consciência Negra. Portanto, Berenice se sentiu feliz de poder ter alguns momentos com aquele homem, com aquela alma saltitante. Se certificou que seu filho estava dormindo. Fruto de um relacionamento passageiro, Berenice engravidou. Teve um filho com Síndrome de Down. O garoto tinha um grau relativamente suave da síndrome e conseguia, graças ao forte apoio de sua mãe, acompanhar as atividades escolares com crianças normais de sua idade. Berenice fez questão de mantê-lo em escolas normais, convivendo naturalmente com jovens da mesma idade. Berenice tinha ainda que se preocupar com seus pais idosos que viviam em um apartamento próximo do seu. Sem outros parentes próximos, ela tinha que tornar seu filho o mais independente possível e provê-lo com uma boa poupança. Sua empregada não havia viajado - podia sair com Félix.

- Você pode vir até minha casa? - perguntou preguiçosa.
- Eu te pego em 20 minutos, está bem?

Ela levantou-se para tomar um banho e se vestir. Conhecia bem as esquisitices de Félix, ou pelo menos pensava conhecer. Ficou pronta em alguns minutos. Colocou uma de suas roupas de cores tailandesas, largas e arejadas, que combinava com seu jeito de ser e pensar "alternativo". Escolheu um entre os colares que tinha em abundância sobre a penteadeira onde os pegava de forma aleatória. Conseguia, de forma inusitada para ela mesma, efeitos novos, com cores que nunca havia pensado ser possível combinar. Era assim. Sabia-se anormal e divertia-se. Era isso que Félix buscava em Berenice: a inteligência, a fina ironia, o ver além das aparências. Em poucos minutos, Berenice recebeu o aviso da portaria. Desceu e lhe deu um longo abraço.

Pararam numa lanchonete onde poderiam conversar tranquilamente. Félix lhe contou sobre sua descoberta da obra de Magritte e suas últimas decisões, inclusive de frequentar a Escola de Belas Artes. Naquele momento, Berenice não pode conter uma gargalhada:

- Você, na escola?! Modelos nus?! Fazer os desenhos acadêmicos que os professores vão lhe pedir? Não acredito que vá durar mais que uma semana.

- Eu sei por que você está dizendo isso, mas acredite, frequentei 4 aulas e aprendi alguma coisa. Gostei de desenhar com o professor me observando.

Félix tentou explicar sua intenção, mas ela o interrompeu e pediu que pagasse. Queria ver sua produção. Quando chegaram ao ateliê ela não deixou que ele falasse. Percorreu as telas ainda inacabadas, espalhadas por todo lado. Era evidente o impacto de Magritte sobre Félix. Silenciosamente, Berenice tudo observou. Deixou Félix ansioso por alguma palavra, algum comentário, mas nada disse. Aproximou-se, roubou-lhe um beijo e perguntou:

- Como vai seu pai?
- Morto, mas está bem, respondeu com um sorriso. Escondeu de mim seu câncer e

eu estive viajando. Tive sorte de ainda encontrá-lo antes de morrer.

- Uma encomenda? - ela era a única pessoa, além de seu pai, que sabia das falsificações.

- Sim, a última.

- Não acredito.

- Pode acreditar. Financeiramente não tenho mais com que me preocupar, pelo menos por uns 10 anos. Fiz uma boa reserva com as encomendas e meu pai deixou um bom estoque de telas prontas para vender.

- Você gosta delas? - perguntou Berenice.

- Um pouco clássico, acadêmico, mas sim, eu gosto. Técnica apurada, madura. Meu pai tinha grande prazer no figurativismo plástico, meio deformado com que ele via as cenas e as pessoas.

- É muito mais que isso, Félix. Teu pai fazia parte de um movimento que rompeu com o tecnicismo do período abstrato e, imediatamente após, os concretistas, sobretudo os paulistas.

- Eu sei. Ele sempre me falou de estabelecer vínculos com alguma escola, de criar um grupo de amigos artistas, já que sempre gostei de pintar e desenhar. Mas, não sei. Sempre me pareceu uma baboseira, sentia que estava perdendo meu tempo.

Berenice entendia o sentimento de Félix. Enquanto outros tateavam a técnica, ele dominava todas, até pela facilidade que seu pai lhe oferecia. Este sabia que tinha um pouco de responsabilidade pela atitude contestatória de seu filho, principalmente pelo potencial artístico que demonstrou desde criança. Félix nunca sentiu aprender algo na academia. Somente um dos professores, amigo de Edmundo, percebeu o raro talento daquele rapaz e ofereceu-lhe a oportunidade de ganhar algum dinheiro atendendo a uma encomenda de falsificação de um *marchand* que ele intermediou. Ensinou os cuidados que Félix tinha que tomar e adiou por muitos anos a descoberta de um estilo próprio, de uma personalidade artística.

Berenice sentia que agora Félix havia finalmente decidido que era tempo de investir no seu próprio caminho, mas ficou pensando no que poderia ter acontecido para provocar tal mudança de atitude naquele homem que, muito jovem, tinha quadros em vários museus do mundo.

Pediu para ver mais, inclusive as telas de seu pai, Edmundo - suas pinturas de estilo figurativo, às vezes abstrato, mostravam a influência dos surrealistas do início do século XX. Sem falar, apenas observando, Berenice se dava tempo para sentir as emoções que fluíam naquele momento. Curiosamente, o trabalho que Félix estava desenvolvendo lembrava muito essas influências iniciais, embora Félix não fosse, de forma alguma, nem abstrato, nem dadaísta.

Ela sentia que ele havia mudado. Sabia que ele havia recebido uma encomenda e que havia partido para alguma cidade da Bélgica. Ele não costumava contar muitos detalhes dos motivos daquelas viagens, mas na última vez em que jantaram contou que ficaria fora do país por algumas semanas. Por que a Bélgica? Ele não disse e mudou de assunto. Era sempre assim, estava habituada e não estranhou, mas agora, até suas feições eram diferentes. Uma estranha energia emanava daquele homem. Sentiu seu olhar e desconfiou de algo que não ousou confessar a si mesma. Era uma intuição, uma estranha impressão de que uma parte escondida da personalidade de seu amante havia conseguido finalmente encontrar seu caminho de realização, de "*épanouissement*". Ficou com medo, mas não conseguia explicar a si mesmo por quê.

Tudo parecia estranho, misterioso. Berenice sentia, porém, que tinha que ficar ao lado de Félix. Tinham o que se costuma chamar de uma relação aberta. Félix era seu foco - era o homem de sua vida. Faria qualquer coisa por aquela personalidade ainda imatura, mas de grande potencial. Ele representava o filho adulto que Berenice nunca teria. Mais que um filho, era em Félix que Berenice via a possibilidade de investir sua energia na criação de um artista que ainda seria completo. Além da evidente destreza técnica, via nele a promessa de um verdadeiro artista. Então, quando ele voltou daquela viagem, até mesmo com sua feição mudada, ela precisava saber o real motivo de participar daquela revolução. Fosse qual fosse o motivo ela estaria junto dele. Poderia ser um motivo fortuito, poderia ser outra mulher, poderia ser que ele tivesse saído do armário, não haveria barreiras para o amor de Berenice.

Com o passar dos anos do seu relacionamento divertido e eventual com ele, aprendeu a amá-lo e encontrou um espaço que ninguém mais tinha na cabeça de Félix. Ao contrário de Sylvia, ela tinha ascendência sobre Félix que contava com suas opiniões para tomar decisões. Ele sentia que podia contar com ela para qualquer empreitada, qualquer besteira, qualquer erro que cometesse, qualquer necessidade. Então quando voltou com as mãos tingidas de vermelho ficou pensando em Berenice e quando a viu poucos dias após sua chegada, sentiu vontade de abrir-se, mas hesitou. Ela percebeu a hesitação, mas sabia que era só uma questão de tempo.

Berenice percebeu imediatamente que algo havia acontecido, que uma nova energia havia surgido e que seria somente uma questão de tempo para que outros também percebessem o nascimento de um grande artista. Ela iria ajudá-lo, não importando o preço que precisasse pagar, pois sabia, como em outras ocasiões, que a intimidade com aquele artista às vezes cobrava seu preço emocional. Não importava... Fosse qual fosse o segredo de Félix, demorasse quanto fosse necessário para ter coragem de lhe contar, ela estaria esperando. Fez compreender, através de seus sinais secretos, íntimos, que queria saber, que iria participar. Mas, até onde iria sua coragem? Ela ainda não tinha ideia do que Félix havia descoberto e o que ele iria ainda lhe pedir. Quem poderia imaginar que aquele homem que teve um pai amoroso, um suicídio traumatizante de sua mãe, teria encontrado em si mesmo a veia assassina, a necessidade de matar, de exercer um domínio doentio sobre outro ser vivo. Berenice iria descobrir.

Tomou a mão de Félix sobre seu peito. Amava aquele homem frágil. Sentia que ele estava tentando um novo caminho. Só não sabia, mas iria descobrir, o motor que o impulsionava. Na noite anterior, Félix havia manchado suas mãos com o sangue de uma mulher. Em sua boca colocou um pombo que ele mesmo havia capturado e morto. Passou a noite desenhando com carvão e também com guache. Preparou várias opções para depois selecionar uma e mandar para o Tenente Rigoberto. Naquela mesma noite postou outro guache com uma variante do quadro "*O assassino ameaçado*" de Magritte. Construiu uma nota explicativa com palavras recortadas de vários jornais para dificultar o rastreamento. Postou a carta de uma agência longe de sua casa, com um remetente fictício de Santa Catarina. Mandou a primeira carta e depois a segunda de outra agência com a notícia sobre a jovem com o pombo na boca e um guache de "*Jeune fille mangeant un oiseau*" também de Magritte.

A excitação da morte teve um efeito galvânico sobre Félix, que amou Berenice como nunca antes. Um excesso de energia, que a deixou extenuada. Dormiram abraçados algumas horas. Quando acordaram, esfomeados, Félix lhe mostrou o esboço do manifesto artístico que queria desenvolver, enquanto comia uma pizza recém-chegada:

MANIFESTO ANTRO-SUB CONCRETO

*Esta é uma evolução possível, mas não provável, das artes no Brasil. Depois do Manifesto Antropófago, da Poesia Pau-Brasil e do Manifesto Neoconcreto, natural que se prossiga nesse Sub Planeta com o Manifesto Antro-Sub Concreto. Todas as formas de arte vão se congregar numa mesma expressão de revolta contra regras que tentam colocar a imaginação e a criatividade numa camisa de força estética, como se fosse possível estabelecer regras precisas de como a criação artística **deve ser**. A quebra do paradigma da racionalização, da estética da lógica já se deu. Sabemos que a ciência não será capaz de tudo explicar e que há espaço para o irracional, para a emoção. Propomos, portanto, que se esqueça qualquer esforço de teorizar a arte, de delimitar fronteiras estéticas, limites para o belo. Sabemos que o* *belo não é propriedade de tal ou qual ponto de vista ideológico. Queremos, portanto, a liberdade do belo.*

Propomos uma arte "poética" por meio da pintura, da escultura, da música, do teatro e da literatura. A pintura, em particular, permite representar imagens poéticas visíveis. Baseado na rejeição a qualquer tipo de dominação ou de instrumentalização, essa arte fala à inteligência pela ação de VER. A aparição imprevisível de uma imagem poética é vivenciada e celebrada pela inteligência, amiga da Luz enigmática e maravilhosa que habita o mundo.

Berenice leu o manifesto com visível surpresa. Félix havia colocado no papel, de forma meio atabalhoada, uma série de princípios que lhe eram caros também. De onde vinha tanta energia? Aquele adolescente tardio havia se transformado em um vulcão criativo, adorável e sensual que a deixava aturdida. Berenice começava a entender que lá havia algo grande acontecendo e decidiu ajudar aquela energia criativa ser canalizada e multiplicada.

- Para que isso possa realmente funcionar precisamos mostrar suas ideias para mais pessoas. Tudo bem?
- Sim, claro. Preciso congregar outros artistas num movimento criativo que nos leve para frente.
- Aonde exatamente você quer chegar?
- Não sei, minha querida. Você conhece Magritte, o pintor surrealista belga?
- Sim, mas o que tem isso?

- Estou apaixonado por ele e sei que teve muitos amigos poetas e escritores, além de pintores. Eles se congregavam em torno de uma estrutura estética surrealista. Eu quero chegar a uma visão estética da arte atual junto com outros artistas.

- Você está sendo bastante ambicioso.

- Sim, sem dúvida. Estou tomando como base o Manifesto Antropófago e o Manifesto Neoconcreto.

- Vou te ajudar. Trarei poetas e escritores para te conhecerem. Quem sabe essa semente germina.

- É isso mesmo, Berenice. Vamos fazer um barulhão. Sozinho não dá para fazer muita coisa... Você já teve vontade de matar?

- Por que está perguntando isso? Mudou de assunto?

- Sim.

- Humm, não sei. Senti ódio várias vezes, talvez suficiente para matar.

- Mesmo sem ódio?

- Não sei. Por que você está perguntando isso?

- Deixa prá lá. Foi uma coisa que pensei, mas falaremos disso em outra ocasião.

- Tem certeza? Você me deixou curiosa.

Félix mudou de assunto, mas Berenice não se esqueceu daquele comentário e sabia, por experiência, que ele voltaria ao tema novamente. Ela não desconfiava até onde iria por aquele homem. Matar não era uma necessidade fundamental para ela como para Félix, mas a relação que tinha com aquele homem tomaria uma outra dimensão e, após a decisão de compartilhar aquela nova paixão, uma parceria vital existiria que teria total domínio de suas vidas. Aquele homem seria seu para sempre, e nada no mundo poderia mudar aquilo. Ela nunca havia sonhado ter uma relação com um homem com tal profundidade, com tal cumplicidade.

Naquela tarde o Tenente Rigoberto recebeu a primeira carta. Continha um guache e uma foto que mostrava *"O assassino ameaçado"*. O tenente não conhecia a obra, mas percebeu imediatamente a qualidade da técnica pictórica. Não entendeu nada e deixou a carta sobre a escrivaninha no canto da sala de seu pequeno apartamento.

Alguns dias depois recebeu a segunda carta com um novo guache, este mais inquietante. Se tratava de uma menina vestida como uma camponesa em dia de festa, comendo, como uma vampira, o pescoço de um pássaro enquanto outros, indiferentes, a rodeiam. Sua mão e boca estavam molhados do sangue de sua vítima. Junto com o guache, uma foto, ainda mais inquietante: uma mulher de olhos esbugalhados, com sangue espalhado pela face e um pombo morto em sua boca, seu pescoço estraçalhado.

Rigoberto pegou as duas cartas e foi imediatamente para a sede de sua corporação na Avenida Tiradentes. Lá pediu para falar com seu comandante e mostrou-lhe as cartas:

- Você conhece essas pessoas?

- Não, comandante.

- E o remetente?

- Nunca ouvi falar, mas aposto que vamos descobrir que ele não existe.

- Por que você diz isso, tenente?

- Se foi uma brincadeira de mau gosto ou se foi verdade, acho que não vão querer ser achados tão facilmente.

- Tem razão, tenente. É óbvio. O que mais lhe chamou a atenção?

- A qualidade técnica da pintura, comandante. O pintor é dos bons. Acho que é uma mensagem.

- Você tem mais uma vez razão, tenente. Quem quer que tenha feito isso queria se mostrar para alguém e você foi escolhido. Por quê?

- O senhor sabe que sou pintor, comandante?

- Não, não sabia - respondeu espantado.

- Sim, comandante. Gosto muito de pintar a natureza. Expus uma vez minhas telas na sede da guarnição.

- Vamos precisar da ajuda de algum investigador da civil. Não fale nada sobre isso e deixe-me pensar um pouco. Dispensado, tenente.

- Sim, comandante.

À noite, Rigoberto voltou cabisbaixo e pensativo para sua casa. Morava sozinho após seu divórcio. Não tinha filhos. Sua paixão, além do trabalho e da disciplina, era a pintura à qual dedicava a mesma disciplina férrea. Frequentava aulas, até mesmo com modelos vivos, mas gostava mesmo de naturezas mortas e paisagens bucólicas para esquecer do rastro de mortos dos subúrbios violentos. Pintura, para Rigoberto, era uma forma lúdica de esquecer a violência e a hierarquia rígida. Estudava a história da arte e os grandes mestres. Assim, não demorou muito para ligar aqueles guaches com sua fonte inspiradora: René Magritte, pintor surrealista belga que morreu em 1967. Rigoberto não gostava dos surrealistas, mas admitia que aquele artista era especial. Fez alguma pesquisa na Internet e descobriu um vasto conjunto de informações sobre o artista. No dia seguinte o comandante de Rigoberto o chamou:

- Você vai procurar o Delegado Assis na central da Polícia Civil perto do Largo do Arouche. Conhece ele?

- Não, mas já ouvi falar. Por que ele, comandante?

- Assis é experiente e trabalhou com casos envolvendo a Interpol. Acho que vocês vão precisar. Falei com o chefe da civil sobre as cartas que você recebeu. Foi ele que indicou o delegado Assis.

- Positivo, comandante. Irei procurá-lo agora mesmo.

A engrenagem começava a movimentar-se. No final daquela manhã, Rigoberto entrou na sala do delegado Assis com as cartas que havia recebido. Ele colocou uma luva cirúrgica para manuseá-las e olhou feio para o tenente, querendo dizer com os olhos o quanto ele havia sido negligente ao pegá-las com a própria mão. Examinou as cartas e os guaches minuciosamente, sem tecer comentários. Após um longo silêncio perguntou:

- Você conhece esses remetentes? Checou os endereços?

- Não conheço os remetentes, delegado, e os endereços são falsos. As cartas foram postadas em São Paulo mesmo.

- Vou pedir para que elas sejam periciadas no Instituto de Criminalística. Me fale sobre as pinturas.

- Não sou um expert, delegado, mas o pintor que as fez tem qualidade e domínio da técnica. São cópias de pinturas de um pintor belga: Magritte.

- Você o conhecia?

- Vagamente, delegado. É um pintor surrealista que morreu em 1967. É um dos expoentes desse movimento artístico.

- E a foto da segunda carta?

- Acho que é real e vamos encontrar o corpo brevemente. Talvez não o primeiro, que nem foto tinha, mas me parece que recebemos as primeiras mensagens. Acho que vamos receber outras.

- Sim. Você conhece alguma coisa sobre assassinos em série?

- Não, delegado. Só superficialmente.

- Tenho um especialista em minha equipe que irá nos ajudar. Em todo caso o assassino te escolheu cuidadosamente, pois com certeza sabia desse teu lado artístico. Seu comandante me contou.

- Também acho, delegado. O homem é ousado pois deu uma dica que restringe bastante a investigação: artistas plásticos. Ele tem certeza que mesmo assim terá as rédeas da situação e que poderá continuar matando livremente.

Alguns dias depois foram chamados a uma cena de crime em um galpão numa área rural perto de Itaquaquecetuba. Era a cena da segunda carta. O galpão era o antigo galinheiro de um sítio isolado que havia sido limpo para ser usado como atelier de pintura pelo assassino. A mulher jazia sobre um sofá com o pombo na boca e os dedos cortados para dificultar a identificação, provavelmente enforcada. Era a cena da foto. O corpo foi encontrado em adiantado estado de decomposição, pois a área era bem isolada.

Observaram tudo, tomaram notas e acompanharam os peritos fazendo seu trabalho. Assis pediu a um dos investigadores da equipe para verificar quem havia alugado o sítio, quem era o proprietário e assim por diante. Depois de alguns dias os primeiros resultados das perícias começaram a surgir, ou melhor, a confirmar o que Assis e Rigoberto esperavam: nada. A moça havia sido estrangulada com uma corda que foi encontrada no terreno do sítio. Os exames patológicos iriam demorar mais alguns dias, mas comprimidos de ecstasy, cocaína e LSD foram encontrados em sua sacola. Infelizmente mais nada que pudesse ajudar em sua identificação. O proprietário do sítio foi localizado e contou que a transação havia sido intermediada por um corretor da região. Recebeu dinheiro adiantado para 2 meses de locação com opção para mais dois meses se o inquilino misterioso assim quisesse. O tal corretor informou que nunca havia visto o inquilino, recebendo o valor da locação e sua comissão por transferência bancária feita com depósito em dinheiro direto em sua conta. A equipe de Assis verificou que o pagamento do aluguel tinha sido efetuado em máquina automática localizada em uma agência bancária dentro de um centro comercial de São Paulo. Nenhuma imagem gravada pelas câmeras de segurança foi útil, pois o tal indivíduo havia usado óculos escuros e coberto a cabeça com o capuz do moletom. Tomou ainda cuidado com todas as câmaras de segurança do centro comercial, impedindo qualquer possibilidade de identificação. Foi extremamente cuidadoso.

O sítio é muito isolado e qualquer um poderia entrar e sair sem ser visto. Havia mantimentos na geladeira, mas nada que pudesse ajudar a individualizar uma tendência. Havia marcas de pneus na entrada e saída do sítio, marcas de pegadas de sapatos, etc. Não havia sinais de material de pintura que Rigoberto procurou por toda parte.

- Assis, este homem não nos deixou nada, nenhuma pista.

- Talvez...

- Nossa única chance é procurar essa moça na lista de pessoas desaparecidas.

- Você tem razão, mas desconfio que mesmo isso não vai nos levar a lugar algum.

- Por quê?

- Ele deve ter trazido esta mulher de outra cidade próxima. É impossível verificar todas as listas que existem por aí.

Nas semanas seguintes a produção de Félix seguia em seu ritmo normal - intenso. Todos que tinham contato com ele ficavam impressionados com a energia que dele emanava. Seus contatos com o mundo artístico continuavam se adensando, mas ainda tinha dificuldade em se relacionar com o mundo literário que tanto o interessava. Introspectivo por natureza, talvez até um pouco tímido, mas de comportamento exacerbado, suas reações assustavam a maioria das pessoas. A ironia fina, o gosto por brincadeiras e a sociabilidade, que sempre marcaram a personalidade de Magritte, não faziam parte do perfil de Félix, taciturno e pouco comunicativo.

Naqueles dias Berenice procurou Félix para lhe trazer algumas novidades que tinha certeza que o agradariam. Contou que um grupo de poetas e escritores queria conhecê-lo. Acrescentou que iria organizar o encontro. Havia mostrado o esboço do manifesto e todos se interessaram em conhecer seu trabalho e discutir o panorama das artes. Félix ficou contente e colocou à disposição seu atelier onde poderiam apreciar suas telas e discutir o manifesto. Mostrou suas últimas criações, entre elas uma em particular sobre um cão perdido em uma floresta cujos troncos nada mais eram que piões.

- Você lembra desse brinquedo? – perguntou a ela.

- Claro que lembro, mas nunca tentei lançar um.

- Pois venha aqui no quintal. Tenho alguns.

Félix enrolou cuidadosamente a cordinha no pião e o lançou no piso liso. Mostrou domínio da técnica e tentou ensinar Berenice que, em sua última tentativa, conseguiu finalmente fazer o pião rodar. Sorriu e voltou para o atelier. A tela com o cão perdido ainda não estava pronta. Mostrava claramente a inspiração surrealista, com a presença da cortina de cena, do brinquedo, do uso de cores fortes, com a cena principal em primeiro plano. Sugeria a sensação de desorientação espacial do cão como uma marca temporal de sua entrega a uma busca por uma expressão única. Félix mostrou outras telas em que estava trabalhando e perguntou mais uma vez:

- O que você acha de matar ou morrer?
- Nem uma nem outra me assustam, mas tenho que pensar em meu filho e meus pais idosos. Não procuro a morte, não creio

ser uma suicida. Por que você pergunta? Você me deixou curiosa quando falou sobre isto outro dia.

- Não sei se devo falar... Tenho uma enorme vontade de matar. Não sei explicar, nem justificar. Não tenho intenção de matar alguém em especial, não fique com medo, mas sonho e me vejo cometendo tal ato. Você acha que preciso de tratamento?

- Acho que não mais que eu. Vou lhe confessar: também tenho vontade, mas nunca tive coragem. Você já matou?

Naquele momento Félix estava sentindo que precisaria cortar sua unha novamente. Estava crescendo cada vez mais rápido e pensava se algum dia poderia parar. A descarga energética era grande, o prazer também. O impulso criativo parecia infinito, mas o estresse também cobrava um preço. Seria mais divertido se tivesse uma companheira para ajudar e compartilhar a emoção. Mas hesitava muito em se abrir, mesmo para Berenice. Sabia também que se cometesse outro assassinato no Brasil, ficaria muito difícil apagar suas pegadas e, ao mesmo tempo, divertir-se com o Tenente Rigoberto.

- Lembra quando passei uma temporada na Bélgica?
- Sim. Você estava lá para uma encomenda, não?
- Sim. Estava mal, bebendo muito, cheirando muito pó também. Uma noite, nem lembro como, dei uma pancada na cabeça de uma mulher que estava posando para mim. Quando acordei havia um cadáver ao meu lado.
- Meu Deus, Félix. Você não entrou em pânico?
- Não, não foi o que aconteceu. Fiquei calmo, senhor de mim mesmo.

Contou tudo a Berenice, mas não sobre suas outras aventuras. Estava tateando, receoso. Todavia, a reação dela não foi de condenação. Ao contrário, mostrou-se curiosa - quis saber todos os detalhes: como resolveu o problema do corpo, como conheceu o policial e, principalmente, como se sentiu depois que voltou ao Brasil. Berenice fez com que Félix prometesse chamá-la na primeira oportunidade.

Naqueles dias Félix recebeu mais uma proposta na sua caixa postal que viria bem a calhar. Poderia isolar-se por algum tempo em algum canto perdido da Europa, pintar, ganhar algum dinheiro, achar uma vítima e contar suas peripécias ao tenente Rigoberto. Pensava que agora, com sua carreira decolando, e com sua identidade artística se firmando, fazer mais uma falsificação seria até divertido. Não iria machucá-lo. Ao contrário, aquele salto pela Europa seria a oportunidade de apurar sua técnica, matar e trazer mais um pacote de ideias.

Foi assim que fez. Pintou mais uma tela considerada perdida durante os bombardeios de Londres, pegou uma prostituta de rua numa região sombria e perdida de Barcelona que nunca mais voltou àquele ponto. Na casa que havia alugado em uma zona rural da Catalunha cavou o buraco onde ela descansou após tê-lo servido. A tela que haviam encomendado não era considerada uma obra prima, mas mesmo assim poderia alcançar um valor razoável no mercado. Félix entregou a encomenda e postou a terceira carta para o tenente Rigoberto. Este logo percebeu que havia recebido mais uma peça de seu quebra-cabeças.

Naquela tarde levou a carta ao delegado Assis. Por ter sido postada fora do Brasil e, pela qualidade da aquarela com uma reprodução de outra obra enigmática,

Rigoberto levantou a hipótese de que seu pintor poderia fazer parte de uma quadrilha de falsários internacionais de obras de arte. Mal sabia quão certo estava, mas Assis permanecia cético. Sabia, contudo, que naquele momento era a melhor teoria que dispunham para orientá-los na investigação. Haviam recebido a terceira carta, sendo que as duas primeiras foram postadas no Brasil, com uma cena de crime relacionada a elas e as duas outras sem cena de crime. Não havia dúvida de que um pintor talentoso, um assassino frio e calculista os estava desafiando, demonstrando ter recursos financeiros e inteligência superior. A hipótese sobre a quadrilha de falsários teria que ser aprofundada. Continuaram conversando:

- Muitos pensam que falsificar é copiar quadros de pintores famosos que estão em museus, explicava Rigoberto

- E não é isso mesmo? - replicou Assis, demonstrando desconhecimento.

Rigoberto explicou que *marchands* especializados vasculham a vida de pintores de sucesso à procura de falhas na cronologia ou obras que se perderam. Quando acham alguma oportunidade, procuram um pintor que possa reproduzir a mesma técnica, reintroduzindo a tela no mercado com grande lucro. Há riscos, obviamente, mas é menos arriscado e mais fácil que falsificar dinheiro.

- E os roubos de museus?
- Na sua grande maioria são, na verdade, sequestros com pagamento de resgate pelas companhias seguradoras. Esse tipo de ação é muito mais arriscado que o mercado negro de obras de arte.
- Você andou estudando o assunto, tenente?

- Sim, Assis. Acho que nosso assassino é um pintor que faz parte de uma quadrilha de falsários.

- O que você sugere, tenente?

- Sugiro que o senhor fale com a Interpol e veja com eles como abordar o assunto. Para mim está claro que o caso é internacional e que precisamos de ajuda.

No dia seguinte, Assis procurou a Interpol: falou com seu delegado geral no Brasil, Dr. Alberto Lima. Levou com ele as cartas e os desenhos com as supostas cenas de crime, inclusive aquela de Itaquaquecetuba. O Dr. Alberto designou um de seus auxiliares, o inspetor Roger, para servir de elo com a Polícia Civil de São Paulo.

O inspetor Roger, francês de origem, vive no Brasil há muitos anos. Entrou imediatamente em contato com a Interpol belga onde sabia existir uma repartição especializada em roubos e falsificações de obras de arte. Logo encontrou interesse e afinidade com a investigação do crime de São Paulo e as preocupações da equipe belga, em particular porque esta havia sido alertada para movimentações importantes no mercado de obras de Magritte, o célebre pintor surrealista belga.

Para deleite de Félix, uma nota de jornal noticiava a cooperação entre as polícias da Bélgica e do Brasil para a investigação de suspeitas de manipulação no mercado das artes, em particular de pintores surrealistas. A nota ainda levantava a suspeita de que a quadrilha poderia estar envolvida em assassinatos. A brincadeira de Félix com a polícia, para ter sentido, tinha que ter impacto público: com um sorriso imaginava o título sensacionalista da notícia "Assassino surrealista ataca novamente". Estava tão seguro de si mesmo que não se preocupou com a notícia. Tudo isso é muito divertido, pensava.

Nessa mesma época Félix teve seu primeiro encontro com o grupo de escritores que Berenice organizou em seu atelier. Ela havia comprado caixas de cerveja, petiscos e contratado um rapaz para preparar caipirinhas e servir salgadinhos para aquele grupo de poetas e jovens escritores que vieram conhecer o trabalho de Félix e suas propostas de um novo manifesto artístico. Félix havia preparado cópias dos 3 manifestos: o Manifesto Antropófago e da Poesia Pau-Brasil, o Manifesto Neoconcreto e o Manifesto Surrealista de André Breton com capa de Magritte. Havia também espalhado pelo ateliê cópias do esboço do seu *MANIFESTO ANTRO-SUB CONCRETO*. Sobre a mesa havia vários livros do período surrealista, de Salvador Dali, Max Ernst e de Magritte. Espalhados pelo atelier suas mais recentes telas, prontas ou em produção. Não havia nada formal, nenhum discurso, somente a disponibilidade de todos de lá se conhecerem, conversar e trocar ideias.

Aquele dia havia amanhecido com um sol radiante, mas previam-se temporais no final da tarde. O ar estava limpo após as tempestades dos últimos dias. A grande castanheira no jardim garantia uma sombra generosa e havia também duas redes estendidas entre o tronco da árvore e a fachada da casa. Dentro do atelier envidraçado, vários ventiladores de teto garantem um frescor arejado. Um aparelho de som simples tinha a seu lado uma prateleira de CDs de discos de música brasileira e todos foram convidados a se servir e alimentar o ambiente musical. Do lado de fora do ateliê, protegido pela varanda da casa e tendo uma janela que dava para a cozinha, o rapaz tomava conta da mesa com os petiscos, frutas, cervejas e caipirinhas.

Berenice havia imaginado e organizado tudo com perfeição. Queria oferecer a oportunidade para o início de uma colaboração frutífera entre aqueles artistas e seu amante. Esperta, havia comprado um Flipboard para que as ideias que eventualmente surgissem pudessem ser registradas. Esperava que esboços de cooperação pudessem ser definidos. Havia também convidado o *marchand* do pai de Félix para conhecer a produção e o ambiente de efervescência cultural que pretendia criar naquela tarde mágica.

As conversas não tinham fim e o Flipboard foi rabiscado até a última folha. Durante a noite pediram pizzas. Félix dormia, estirado em sua cama, quando o último convidado saiu e raios de sol apontavam. A tempestade que caiu no final da tarde causou distúrbios, mas os relâmpagos e trovões só contribuíram ainda mais para a *Gestalt* de ideias, planos e esperanças daqueles jovens artistas. O *marchand* propôs uma exposição em sua galeria e sugeriu que o manifesto fosse distribuído naquela ocasião.

Berenice reuniu as ideias do Flipboard, os e-mails de todos e faria circular o manifesto ao qual todos poderiam acrescentar suas contribuições livremente até se chegar a uma versão final. Félix estava exultante e energizado. Queria, logo ao acordar, se colocar ao trabalho, apesar de uma forte dor de cabeça de sua ressaca. Preferiu tomar um bom banho e, apesar da sujeira que ainda se espalhava por toda a casa, se pôs a trabalhar em mais uma composição que havia sonhado antes de dormir.

Trabalhou febrilmente até o começo da noite quando os relâmpagos começaram a iluminar o ateliê e o ruído dos trovões anunciavam uma nova tempestade. Quando a ventania se levantou, Félix interrompeu o trabalho e ligou para Sylvia. Estava faminto e meio tonto. Havia bebido uma garrafa de vinho e ainda não tinha comido nada. Ligou e combinou para que ela o pegasse em 40 minutos para irem ao Nello's. Era o tempo que precisava para tomar uma ducha e trocar de roupa. Enquanto a grossa chuva castigava a cidade ressecada, Félix se preparava para uma longa noite dedicada aos prazeres da carne. E assim foi...

Enquanto se divertia com Sylvia, Berenice, entusiasmada com a nova função de animador cultural, fez circular e crescer o manifesto com as contribuições entusiasmadas dela e dos outros artistas plásticos, poetas, músicos e escritores. O manifesto não parava de crescer e ela tomou a responsabilidade de construir um conjunto coeso. A versão final ficou assim, então:

MANIFESTO ANTRO-SUB CONCRETO

Esta é uma evolução possível, mas não provável, das artes no Brasil. Depois do Manifesto Antropófago, da Poesia Pau-Brasil e do Manifesto Neoconcreto, é natural que se prossiga, nesse Sub Planeta, com o Manifesto Antro-Sub Concreto. Todas as formas de arte vão se congregar numa mesma expressão de revolta contra regras que tentam colocar a imaginação e a

criatividade numa camisa de força estética, como se fosse possível estabelecer regras precisas para a criação artística. A quebra do paradigma racional, da estética da lógica, se deu. Sabemos que a ciência não será capaz de tudo explicar e que há espaço para o irracional, para a emoção. Propomos, portanto, que se abandone qualquer esforço de teorizar a arte, de criar fronteiras estéticas, limites para o belo. Sabemos que o belo não é propriedade de tal ou qual ponto de vista ideológico. Propomos, portanto, a liberdade artística e refutamos o patrulhamento ideológico.

A obra de arte não se limita a ocupar um lugar no espaço objetivo, mas o transcende ao fundar nele uma significação nova. A poesia urbana existe nas favelas, no asfalto e atrás de altos muros. O carnaval é o acontecimento religioso da raça Pau-Brasil. Nossa época anuncia a volta ao sentido puro. Só a Antropofagia nos une. Socialmente.

Economicamente. Filosoficamente. Única lei do mundo. "Tupi or not tupi - that is the question".

O homem põe e dispõe. Depende só dele pertencer-se por inteiro, isto é, manter em estado anárquico o conjunto cada vez mais medonho de desejos. A poesia ensina-lhe isto. Traz nela a perfeita compensação das misérias que padecemos. SURREALISMO, automatismo psíquico puro pelo qual se propõe exprimir, seja verbalmente, seja por escrito, seja de qualquer outra maneira, o funcionamento real do pensamento. Ditado do pensamento, na ausência de todo controle exercido pela razão, fora de qualquer preocupação política, estética ou moral.

Queremos a metáfora, a imagem instigante, a epifania, o gozo intelectual. O valor da imagem depende da beleza da centelha obtida; é, por conseguinte, função da diferença de potencial entre os dois condutores. Se esta diferença mal existe, como na comparação, a centelha não se produz. Os surrealistas reclamam uma ampliação. Tudo é bom para obter de certas associações a desejável subitaneidade.

A cor das meias de uma mulher não está obrigatoriamente à imagem de seus olhos. Disto decorre: "os cefalópodes têm mais razão que os quadrúpedes para odiar o progresso".

Concebemos a pintura como a arte de justapor cores de tal maneira que seu aspecto deixe transparecer claramente uma imagem poética. Esta imagem é a descrição completa de um pensamento que une em uma ordem que não é randômica, figuras familiares do visível: céu, pessoas, árvores, montanhas, móveis, astros, sólidos, etc. Esta ordem eficaz foi imaginada, mas não é irreal. A realidade da imagem poética é a realidade do universo. Nossas pinturas mostram nada mais que figuras do visível em uma ordem que responde a um interesse particular pelo desconhecido.

"Aquele bigode laranja deveria ser tosquiado. Ovelhas não têm bigodes"

Berenice fez circular mais uma última vez o texto para, em seguida, discutir com o *marchand* de Félix a exposição durante a qual seria lançado o manifesto, assinado por todos, para fazer o maior alarde possível. O golpe publicitário deveria ter grande repercussão e lançar definitivamente seu amante no topo das artes do Brasil. Enquanto isso, Félix terminava seu jantar com Sylvia e se apressava para outros prazeres íntimos no seu atelier. No caminho perguntou a Sylvia:

- O que você acha de matar?
- Como assim? Matar uma formiga? Um pernilongo?
- Não. Matar... gente...
- Não sei. Nunca pensei.
- Mentirosa.
- O que é isto, Félix? Você só pode estar brincando.

- Claro que estou. Só queria te assustar. Esquece...

O tom de voz assustou Sylvia. A pergunta e o assunto não combinavam com o Félix que conhecia - algo lhe dizia que havia perigo naquelas palavras. Tentou pensar, sem se convencer, que era só uma piada, uma brincadeira daquele homem de tantas qualidades, das quais, o bom humor não fazia parte. Tentou desviar a conversa para outras paragens.

- Como está indo seu trabalho?
- Estamos preparando uma exposição coletiva com o lançamento de um manifesto. Acho que vai ter muita repercussão.
- Manifesto?
- É. Ouviu falar do Manifesto Antropofágico dos modernistas de 1922?
- Claro

- É algo assim. Vão dizer que somos malucos, mas o importante é que agite o mercado das artes nesse país.

- Foi você que escreveu?

- Não, mas fui eu que lancei a ideia e o primeiro esboço.

- Mostre o que você está pintando.

- Mais tarde...

Algum tempo depois, Berenice recebeu um e-mail de Félix que andava sumido. Não era do seu feitio comunicar-se daquela forma. Havia imaginado que ele estaria atendendo a alguma encomenda fora do Brasil. Félix a convidava para que o encontrasse na capital do Luxemburgo dentro de alguns dias. Ele nunca havia chamado ninguém para acompanhá-lo em suas andanças pela Europa, mas queria que Berenice o ajudasse numa tarefa muito particular.

Berenice organizou-se rapidamente para pegar um avião para Paris e em seguida um trem até Letzebuerg, a capital do minúsculo ducado. Durante a viagem ficou pensando no significado daquilo. Não havia dúvidas sobre o motivo do convite. Ela sabia. Estava trilhando um caminho estranho e sem volta. Sim, amava Félix, mas não podia ser este o motivo, ela sabia. Matar?! Não tinha coragem, mas ele iria ajudar.

Não dormiu durante toda a viagem apavorada com o caminho que sua vida estaria trilhando a partir de lá. Tirar a vida de alguém?! Era incapaz de matar um mosquito que, afinal de contas, também tem direito à vida. Durante algum tempo, até mesmo recusou-se a comer carne por causa da brutalidade contra os animais destinados ao abate. Sempre esteve próxima de ativistas que defendiam os direitos humanos. Tudo isso se chocava frontalmente com a ideia de tirar a vida de alguém, fosse quem fosse.

Imaginava a cena: os pedidos desesperados por misericórdia e Félix estrangulando sua vítima.

Havia experimentado de tudo na vida, mas nada semelhante. Era grande a excitação que tal ato provocava nela. Remorsos? Culpa? Talvez, mas não acreditava que sentiria tal fraqueza. Queria tirar a vida de alguém completamente desconhecido, alguém cuja vida não prestava mesmo para nada. Pareciam atenuantes - que falta faria ao mundo alguma prostituta velha em final de carreira? Para Félix não fazia diferença - ela o fez prometer que seria alguém com tal perfil. Não sou uma psicopata, pensou apreensiva, pois o mesmo pensamento se encadeia com outro: e ele? Jamais teria uma resposta, mas sabia que estaria ligada a ele mais que a qualquer outra pessoa no mundo. Teriam um segredo só deles, uma cumplicidade única. Amor não é compartilhar? Conhecer?!

Levantou-se de sua poltrona e foi até o banheiro do avião para vomitar. Limpou seu rosto e tentou acalmar-se, mas estava difícil. Desistir? Denunciar? Sabia que não faria nem uma, nem outra. Aquele homem seria seu para sempre, total cumplicidade. Teria que, por via das dúvidas - afinal, seu filho e seus pais dependiam dela -, insinuar que havia deixado algum testemunho por escrito caso fosse encontrada misteriosamente morta. Chegou exausta em Paris e de lá pegou o trem para Letzebuerg. Cochilou com o balanço.

Nos anos que se seguiram, Rigoberto ainda recebeu 5 cartas com desenhos, mas a investigação continuava atolada - ele e Assis não haviam conseguido obter nenhuma pista que os aproximasse do artista assassino. Desconfiavam que depois daquele crime de Itaquaquecetuba, os outros estariam somente na imaginação do pintor ou numa brincadeira de gato e rato com a polícia. A colaboração com a Interpol e o Dr. Roger também não havia trazido nenhum indício, nenhuma pista nova. Cada nova carta foi minuciosamente estudada Todas as cenas de crime que apareciam em São Paulo e em todas as cidades próximas eram avaliadas para saber se havia a possibilidade de estar ligada ao pintor *"serial killer"*. Mas, nada!

Não deram mais muita atenção àquele caso quando Assis recebeu uma ligação do Dr. Roger pedindo uma reunião na sede da Interpol. Lá chegando ele mostrou as fotos de uma casa na área rural de Luxemburgo, perto da fronteira com a Áustria, onde foi encontrado, por acaso, o corpo de uma mulher enterrada em cova rasa. No interior da casa encontraram restos de material de pintura. O assassino havia relaxado - *"erro capital"*! A casa havia sido alugada pela internet com pagamento em dinheiro. Era muito isolada, não muito distante da capital

Letzebuerg. O proprietário estranhou um pequeno monte de terra fofa, perto de uma árvore e cavou até encontrar o corpo - chamou a polícia em seguida. Disse que a propriedade fora alugada por alguém que fez questão de não se identificar, que fizera o pagamento em dinheiro vivo sem contrato.

Foi ainda possível obter as impressões digitais do cadáver que revelaram que a morta era uma prostituta búlgara que vivia perto da estação central da capital - fazia ponto na ruela próximo à estação. Era uma puta velha, em fim de carreira, que aceitou seu último programa. Não havia câmeras de vídeo naquela rua o que poderia ter facilitado as investigações. Não era à toa que as prostitutas a usavam, por ser discreta e não afugentar sua clientela.

- Mas, o que tem tudo isto a ver conosco? - perguntou Assis ansioso por saber a conexão que pressentia lhe seria apresentada pelo Dr. Roger

- Veja este desenho que encontramos na floresta que circunda a casa.

Assis e Rigoberto examinaram o guache maltratado. Podia se ver que se tratava de um esboço daquela pintura que chegou na última carta que haviam recebido. O traço era semelhante. Não havia dúvida: era a mesma pessoa. Finalmente houve uma falha nos procedimentos daquele assassino que brincou por mais de uma década com as polícias de meio mundo. Aquele desenho talvez tivesse voado com o vento e pousado em algum galho. Tão seguro de si, achou que nunca o encontrariam e que mesmo que o encontrassem, jamais o ligariam com os desenhos que mandava para o tenente Rigoberto de São Paulo. Contudo, as equipes se informavam de qualquer novidade e sempre mandavam cópias das cartas que recebiam do pintor assassino para o Dr. Roger.

A polícia belga que trabalhava em estreita colaboração com a de Luxemburgo acompanhava todas as cenas de crime, tal como faziam Assis e Rigoberto em São Paulo. A descoberta de um corpo em cova rasa, os restos de material de pintura e o achado do esboço finalmente abriram uma porta por onde a investigação iria progredir.

Sem saber que haviam se aproximado perigosamente, Félix usufruía das múltiplas reverberações que o manifesto tinha sobre sua produção artística e de seus companheiros poetas. Ainda aceitava os convites para falsificações que, na verdade, eram convenientes para sua produção de defuntos. Já havia vendido o estoque de telas de seu pai, mas guardava para si aquelas que considerava as melhores. Visitava regularmente os temas que seu pai havia desenvolvido em suas próprias criações. Produzia, com regularidade, pinturas e outras mídias que começava a explorar como escultura, vídeo, colagem e instalações. Aceitava também a criação de ilustrações para livros infantis nos quais também experimentava as técnicas surrealistas adaptadas às mentes das crianças. Nesse caso utiliza cores mais fortes e temas adaptados. Naquela noite Berenice viria lhe fazer uma visita. Quando ela chegou o encontrou de bermuda, sem camisa, sujo de tinta, trabalhando no atelier. Ele a convidou a apreciar a tela em produção.

O atelier de Félix vivia agora abarrotado de artistas, poetas e escritores. Tornou-se o ponto de encontro, de convergência das artes de São Paulo - o centro da criatividade, da efervescência artística. A adega sempre abastecida, geladeira entulhada de cervejas e salgadinhos providenciados por Berenice tornavam aquele o local mais frequentado pelos artistas. O resultado se via na intensa produção de Félix, os títulos criativos de suas pinturas e a presença permanente de *marchands.*

- O que você acha?
- Bom, gosto - ela não estava muito disposta a discutir a tela. Mudou de assunto.
- Eu queria saber se o *marchand* da Galeria Yves falou com você.
- Sim, mas não sei se devo aceitar. Tem o *marchand* de meu pai que já trabalha com minhas pinturas há muito tempo.
- Eu sei, mas este pessoal da Yves tem estrutura financeira mais sólida e há boatos de que o *marchand* do teu pai está com problemas.

Estavam passando, no final dos anos 2000, pela crise ocasionada pelo *crack* do mercado imobiliário americano. O mercado das artes também estava em crise. Com o aperto financeiro que se seguiu, muitos bancos estavam em dificuldades e nesse ambiente desfavorável nada mais natural que o mercado das artes sofresse também. O *marchand* ao qual Berenice se referiu tinha pelo menos uma centena de telas estocadas. Se ele tivesse que desovar todo aquele estoque a obra de Félix sofreria uma grande desvalorização. Por isso Berenice estava preocupada. Ela queria diversificar os canais de seu protegido. Prosseguiu:

- Precisamos mostrar sua produção para *marchands* americanos e europeus.

- Eu sempre disse isso.

- Eu sei. Me falaram de um em Chicago e outro em Bordeaux. O que você acha?

- Chicago parece bom, mas não tem ninguém em Paris, Berlim e Bruxelas?

- Ainda não consegui estabelecer contato, mas estou tentando. Posso pegar algumas de suas telas e mostrar para eles?

Nessas férias estou planejando viajar e poderia tentar.

- Claro, escolha quantas você quiser.

As piores previsões de Berenice se confirmaram. O *marchand* do pai de Félix estava realmente quebrado e avisou a todos que precisaria desovar seu estoque em leilão. Ela sabia que isso poderia ser um golpe na carreira de Félix. Precisaria reunir uma soma que não tinha para comprar pelo menos 70% a 80% de suas telas e salvá-lo de uma desvalorização. Berenice hipotecou seu apartamento para reunir fundos e tornar-se a maior colecionadora de pinturas de Félix, assumindo grande risco. Ele ficou sabendo que ela havia adquirido o grande lote, mas não com tanto risco. Depois dessa decisão ela se tornou seu principal agente e comandava o mercado de suas telas.

Tanto na Europa, como nos Estados Unidos *marchands* se interessaram pela produção daquele pintor pós-surrealista que agrada um público já acostumado com aquele estilo. Félix encontrou, portanto, um novo mercado para sua produção que seguia firme. Berenice aproveitava para desovar o grande estoque que havia acumulado. Tudo parecia estar caminhando naturalmente, sem que desconfiasse que as garras da polícia se fechavam inexoravelmente.

Assis e Rigoberto aprofundaram suas pesquisas à luz das últimas descobertas da mesma forma que a polícia belga, juntamente com a Interpol. Sem contar as ameaças terroristas, o caso do pintor *"serial killer"* havia adquirido o status de maior mistério já enfrentado pelas polícias de meio mundo. Félix as havia desafiado - agora tinha um poderoso inimigo pela frente, mas nem desconfiava que o torniquete estava se fechando. Não seria tarefa fácil. O esboço que encontraram em Luxemburgo mostrava uma cena que lembrava uma tela desaparecida de outro pintor surrealista, Max Ernst.

Teriam que investigar todas as obras que entraram no mercado nos últimos 15 anos e relacioná-las com a vinda de algum pintor brasileiro ao continente europeu. Seria o mesmo que procurar uma agulha no palheiro, talvez pior. Poderiam tentar diminuir um pouco o âmbito da pesquisa aos pintores cubistas, dadaístas, surrealistas, abstracionistas. Nestes anos havia chamado a atenção da equipe belga o aparecimento de obras de mestres surrealistas.

A equipe belga começou a questionar os *marchands* que haviam escoado aquelas obras miraculosamente reencontradas. Supunha-se até então que fizessem parte de lotes perdidos nos bombardeios sobre Londres durante a 2ª Guerra. Um abastado colecionador inglês apaixonado pelos surrealistas havia comprado no final dos anos trinta um lote considerável de telas de surrealistas, movimento artístico que começou e se tornou popular antes da guerra. A história oficial divulgada pelos *marchands* sortudos era que no final dos anos 90 após a morte de uma "*old lady*" da região leste londrina, durante a limpeza que seu filho fazia em sua casa, a tela foi encontrada no sótão. O tal filho levou a pintura a um conhecido que chamou o tal *marchand* que confirmou ser uma das telas perdidas durante os bombardeios. Alguns anos depois a história repetiu-se, com algumas variações, para outra pintura. Tudo se encaixava perfeitamente e as telas que foram examinadas por muitos especialistas não suscitaram dúvidas quanto à origem. Entretanto, para os policiais belgas, essas descobertas eram sempre suspeitas, embora raramente conseguissem alguma evidência de que houvera alguma falsificação.

Agora a história era diferente. Eles, de qualquer forma, sabiam que o simples fato de fazer perguntas deixaria o mercado com os nervos à flor da pele. Se houvesse indícios ou suspeita de alguma falsificação a obra em questão poderia tornar-se inviável comercialmente e perderia seu valor, podendo gerar grandes prejuízos. O nervosismo espalhou-se pelos mercados da Europa e até mesmo dos Estados Unidos, à medida que os investigadores faziam perguntas que mostravam que o objetivo da investigação não era somente a falsificação de quadros. A identificação de artistas que tinham o talento para a falsificação era fato extremamente raro, pois eles mesmos tratavam de manter o mais rigoroso sigilo. Muitos mantinham carreiras regulares como artistas plásticos em seus países.

Enquanto isso, em São Paulo, Assis e Rigoberto apertavam o cerco. Ouviram falar de uma exposição de jovens pintores surrealistas numa galeria chique de São Paulo e tomaram contato com o Manifesto

Surrealista como ficou conhecido. Aquelas pinturas não procuravam o virtuosismo figurativo, mas o espanto com as ideias e associações de objetos que aparentemente nada tinham a ver um com o outro. Embora o manifesto clamasse por uma elaboração derivada dos movimentos antropófagos e concretistas, era, na verdade, uma evolução tardia e tropical do surrealismo dos anos 50 e 60 da Europa. Agora entendiam claramente a ligação entre aqueles artistas e seu alvo, que deveria estar escondido entre eles.

Rigoberto, auxiliado por um inspetor da equipe de Assis, vasculhou o histórico de todos que fizeram parte daquela célebre exposição e das galerias envolvidas. Descobriram que logo após a crise financeira de 2008, com o crack do mercado imobiliário, a galeria que havia exposto inicialmente aqueles garotos passou por grandes dificuldades e foi obrigada a leiloar parte de seu acervo. Foi salva da bancarrota, entretanto, pela entrada como sócia de uma tal de Berenice Saraiva.

Chamou a atenção dos policiais o fato de que ela não tinha nenhum histórico no mercado das artes plásticas, nem era de família abastada. A galeria prosseguiu expondo com regularidade as obras daquele grupo de artistas do qual um em particular tornou-se mais conhecido, um tal de Félix, filho de outro artista já falecido. Ele foi um dos inspiradores do tal Manifesto Surrealista. Era, sem dúvida, um dos mais destacados pintores brasileiros da atualidade. Sempre viajava muito e mais ainda agora que sua obra começava a chamar a atenção nos mercados europeu e americano. Félix tornou-se rapidamente personagem de interesse para a investigação, principalmente porque seu traço e estilo chamaram a atenção de Rigoberto por alguma semelhança com os esboços que haviam recebido do misterioso assassino.

Nessa mesma época Félix havia terminado um grande projeto e aguardava sua inauguração. Havia recebido a encomenda de um tríptico a ser instalado no lobby monumental de um novo e moderno museu de arte moderna em Lisboa. Era uma grande honra e seria fundamental para deslanchar definitivamente a carreira internacional de Félix. O hall de entrada do museu tinha uma estrutura completamente envidraçada. O museu estava situado no centro de um parque da cidade. As três paredes que circundam o lobby, com pé direito de mais de 8 metros, receberam, cada uma delas, uma parte do grande tríptico que Félix logo chamou de "O Beco da Humanidade". Visitou novamente o tema do Apocalipse. Nesse caso a ideia era ilustrar uma situação onde toda a humanidade teria sido varrida da face da terra e restariam somente as ruínas de nossa civilização. Cada um dos lados estaria mostrando um aspecto do caos decorrente da total destruição da vida na Terra, todos sendo observados metaforicamente pelo personagem Morte e um único sobrevivente e seu cachorro que passeiam por diversas paisagens e entram em contato com a solidão, desespero, desesperança. Em um deles, o personagem visita o zoológico da cidade abandonado. Em outro, uma estação de metro ruindo, com goteiras por toda parte. Em outra visita, o personagem está no centro da cidade com muito mato e lixo voando por toda parte. Na última imagem o personagem abraça seu cachorro visivelmente decrépito, em um abraço mortal para ambos. São os últimos náufragos.

Naquele mês de setembro, Félix havia aceitado uma proposta para um estágio numa oficina artística de uma universidade americana. Esta iria se desenrolar em uma aprazível cidade nas Montanhas Rochosas, em Aspen, durante o outono americano. Ficaria por lá 3 meses desenvolvendo seu trabalho com outros artistas, numa espécie de imersão profunda para troca de experiências artísticas.

Enquanto lá estava, Sylvia resolveu lhe fazer uma visita da qual nunca mais se esqueceria. A unha estava crescida... Félix resolveu convidá-la para posar numa noite fria na casa em que vivia, em Aspen, ao pé da montanha com os picos esbranquiçados pelas primeiras neves do inverno que se aproximava. A cidade ainda não apresentava a agitação da temporada de inverno. O chalé localizava-se convenientemente próximo à Silver Peak Apothecary, próximo do parque coberto de neve que homenageia John Denver. Pelas tantas Sylvia sentiu a mão de Félix fechar-se no seu pescoço. Algo o segurou, entretanto - não prosseguiu até o fim. Sorriu para ela que se lembrou, ainda ofegante, daquela pergunta que ele havia feito muitos meses antes. Guardou para si aquele sentimento confuso. O olhar de Félix a havia paralisado.

- O que foi isso?
- Nada, foi só uma brincadeira - mas ela não reconheceu seu olhar. Havia algo de frio, além dos flocos de neve que podiam se ver pela janela.
- Isso aconteceu antes? - balbuciou assustada
- Sim, mas não quero falar sobre isso.

Félix tinha algum sentimento, alguma conexão com Sylvia que o impediu de completar seu intento. Tinha proximidade com poucas pessoas no mundo: Sylvia, Berenice e seu falecido pai. Com ela não conseguiu exercer seu poder de vida e morte que tanto prazer lhe dava.

- O que faremos agora? — Sylvia murmurou baixinho

- Vá, me deixe. Preciso ficar a sós.

Ela não o procurou mais naqueles dias em que tinha planejado ficar com ele em Aspen. Ao contrário, assustada com sua atitude, só pensava em voltar ao Brasil. Resolveu que procuraria Berenice assim que voltasse do Colorado. Pensou que deveria contar o que se passara e conversar com aquela que mais proximidade tinha com Félix. Assim que voltou telefonou e combinaram de se encontrar no dia seguinte num restaurante. Depois das saudações de praxe conversaram como amigas de longa data:

- Berenice, ele me deixou assustada.

- O que aconteceu?

- Estive com ele em Aspen na semana passada. Ele resolveu pintar um retrato. Em um determinado momento ele chegou por trás e apertou meu pescoço a tal ponto que pensei que iria quebrá-lo. Não pude respirar. Me debati. Acho que ele simplesmente desistiu, não sei por qual motivo, pois poderia estar morta agora. Não havia a menor possibilidade de eu me desvencilhar, se ele não me soltasse.

- Meu Deus...

- Fiquei parada, largada no chão até me recuperar e saí, em seguida, em disparada. Fui embora para meu hotel e voltei ao Brasil. Mudei tudo - havia planejado ficar alguns dias com ele, mas mudei meu bilhete e voltei.

- Entendo. Faria o mesmo.

- Ele falou com você sobre matar alguém em alguma ocasião?

- Sim, mas não levei a sério. Achei que era só uma esquisitice ou um pensamento errante.

- Me lembrei dele perguntando, há alguns meses, se eu gostaria de matar.

- Foi assim mesmo comigo. Foi uma espécie de convite ao qual não dei atenção. O que faremos? - perguntou Berenice, sem demonstrar sua verdadeira preocupação.

- Não sei, mas tem algo de obscuro na personalidade de Félix. O jeito como ele me olhou, o jeito como falou naquele momento foi completamente diferente, como se uma parte dele que eu não conhecesse, após tantos anos, tivesse aparecido por acaso. Não acredito que ele tenha planejado aquilo - acho que foi um impulso.

- Pode ser, mas não acredito, Sylvia. Acho que tem mais coisa aí. Ele sempre teve um lado obscuro, negro - nós duas sabemos. Precisamos fazer alguma coisa, ajudá-lo a se tratar. Precisamos fazê-lo entender que precisa de ajuda.

- Não sei como ele vai reagir, Berenice, mas estou apavorada. Nunca mais ficarei com ele sozinha e nem você deveria. Vocês também transam?

- Faz tempo, minha querida, que ele não me chama para ficarmos juntos. Desde que assumi a galeria e tornei-me sua principal agente perdi sua intimidade. Vejo ele com frequência para organizar eventos e discutir aspectos da comercialização de sua produção, mas não tivemos mais momentos a sós.

Combinaram de procurar um psiquiatra para Félix. Alguns dias depois Sylvia ficou ainda mais assustada quando recebeu a visita de Assis e Rigoberto no curso da investigação sobre o assassinato ocorrido em Itaquaquecetuba, vários anos antes. Eles estavam somente explorando, mas tinham a intenção de assustar o assassino, mostrar que sua situação não era tão tranquila como havia sido nos últimos 10 anos. Félix ainda estava fora do Brasil, em seu estágio no Colorado, sem saber, portanto, dos últimos desenvolvimentos.

Sylvia ficou particularmente alarmada pelos esboços que haviam sido enviados ao tenente Rigoberto, nos quais reconheceu o traço de Félix. Embora nada tivesse dito aos policiais, sua linguagem corporal expressando a tensão e inquietação com os fatos apresentados não passou despercebido aos olhos treinados de Assis.

Berenice tinha muitos motivos de preocupação, principalmente do ponto de vista financeiro, pois dependia totalmente do fluxo normal de vendas da produção do pintor para fazer face às obrigações com o banco credor. Se houvesse um escândalo envolvendo Félix ela poderia ir à bancarrota. Tinha um filho com Down, bastante dependente. Seus pais idosos também precisavam de sua assistência.

O psiquiatra Dr. Luiz Antônio Bastos foi recomendado. Sylvia marcou a consulta.

Avisou Berenice que confirmou, mas no dia marcado não apareceu. Quando estava na sala de espera do Dr. Luiz, Sylvia telefonou para Berenice que não atendeu. A secretária disse que ela havia saído. Tentou mais uma vez no celular dela e deixou recado na caixa postal, mas nada. O Dr. Luiz pediu que ela entrasse.

- Boa tarde, doutor

- Fique à vontade, respondeu. Me conte o que a trouxe.

- Tenho um caso com um artista plástico chamado Félix há muito tempo. É um relacionamento bastante livre, sem compromisso. Ele me procura eventualmente. Saímos para jantar e geralmente terminamos a noite em seu atelier. Ele está atualmente em um estágio pago pela Universidade de Denver e resolvi visitá-lo. Lá ele alugou um chalé em Aspen onde resolveu pintar um retrato após jantarmos. A um certo momento ele se aproximou por detrás e agarrou meu pescoço, me sufocando. Se ele quisesse, eu não estaria mais aqui. Algo o fez mudar de ideia. Fiquei tão assustada que fugi rapidamente e não o vi mais.

- Vocês tinham brigado?

- Não, doutor. Estávamos meio bêbados, mas não, nada indicava que ele tivesse um motivo para me agredir.

- Ele foi agressivo com você anteriormente?

- Não.

- Faz tempo essa história no Colorado?

- Não, faz uns vinte dias, doutor. Ele ainda está no Colorado.

- Por que você me procurou?

- Acho que ele precisa de ajuda, mas não sei como agir. Eu queria que a Berenice também estivesse conosco. Ela é a outra namorada de Félix. Contei a ela o que houve e havíamos combinado de virmos juntas conversar com o senhor.

- E porque ela não veio?

- Não sei doutor.

- Sei.

- Tem mais uma coisa, doutor, que também aconteceu com a Berenice. Ela tem a mesma relação que tenho com o Félix, ainda mais intensa. Há uns meses numa ocasião em que eu estava no seu atelier, ele me perguntou se eu gostaria de matar alguém, uma pessoa. Fiquei olhando pasma, sem entender e acho que nada respondi. Berenice me contou que ele também fez a mesma pergunta para ela.

- Você acha que ele já matou?

- Não sei, mas seu olhar naquela noite em Aspen, seu tom de voz era diferente. Seu olhar era glacial - ele me assustou muito mesmo.

- Entendo. Vou pensar sobre o assunto e te ligo para conversarmos. Preciso de um tempo e, talvez, de mais informações.

- Obrigada, doutor.

- Fique longe dele.

- Não precisava nem dizer.

Nos dias seguintes o Dr. Luiz, que também era psiquiatra forense, procurou mais informações sobre Félix e perguntou a seus amigos policiais se havia alguma investigação ou fato relacionado com aquele pintor. Para sua surpresa, alguns dias depois o Dr. Assis o procurou e lhe pediu que viesse ao seu escritório na Central da Polícia, perto do Largo do Arouche.

O Dr. Luiz conhecia bem aquele prédio, que nada tinha de diferente de todos os outros daquela região. A única coisa que chamaria a atenção de alguém mais atento era que as pessoas que circulavam ou que entravam e saíam do prédio estavam geralmente armadas. Assis havia trabalhado com o Dr. Luiz em outros casos - eram velhos conhecidos.

- O que o fez perguntar sobre o pintor Félix?

- Você está investigando? - eram dois macacos velhos. - Olhe, estou interessado no caso. Se você precisar de alguma orientação psiquiátrica, sabe onde me encontrar - levantou-se para sair.

- Fique calmo, doutor. Somos amigos, vou lhe contar o que está se passando. Estamos investigando esse assunto há mais de dez anos!

Assis resumiu o que sabiam e, em troca, o Dr. Luiz lhe contou que Sylvia o havia procurado depois daquele episódio em que ele quase a estrangulou.

- Quer dizer que depois de todos esses anos, vocês, a Interpol e sei lá mais quem só tem o caso de Itaquaquecetuba e Luxemburgo para se basear?

- É isso mesmo. O assassino nos mandou 6 esboços e podemos supor que matou pelo menos 6 vezes. Mas, por enquanto, é só suposição. O caso em Luxemburgo, cena de um crime, tem indícios e nos colocou no caminho do Félix, mas até agora os belgas e a Interpol não conseguiram mais nada.

- Será que ele sabe que vocês estão chegando perto?

- Ainda não, pois ele está naquele estágio no Colorado. Espero que não fuja, que ninguém o avise, pois estivemos abordando todos os *marchands* que se relacionam com esses surrealistas malucos. O tenente Rigoberto está me ajudando.

- Quem é ele?

- É um tenente da polícia militar, pintor amador, a quem os esboços com as cenas de crime foram endereçadas. É ele quem mais entende de arte em toda a equipe e tem nos ajudado muito. Félix o escolheu para brincar conosco durante todos esses anos.

- Ele vai se retrair quando perceber que vocês chegaram perto.

- Eu sei, mas talvez ele tenha feito alguma bobagem, talvez fique nervoso. Sei lá. Acho que é o caso mais longo e difícil em que trabalhei.

- Me coloque na equipe, Assis. Eu quero ajudar nesse caso.

- Você é bem vindo, Luiz. Vou pedir para te mandarem os autos da investigação e sugiro que procure o Rigoberto para inteirar-se de mais detalhes. Tem a ver com o mercado negro de falsificações de obras de arte. O pessoal da Bélgica acha que Félix é o artista que pintou algumas obras que entraram no mercado europeu nesses últimos anos.

Não havia mais dúvida. Era chegado o momento. Não poderia fraquejar, nem hesitar. Berenice sempre soube que havia este risco. Félix precisava brincar com a polícia? Ele havia contado tudo a ela depois de terem matado aquela prostituta velha da estação de trem de Luxemburgo. Agora havia chegado o momento de colocar seu plano em prática. Os policiais a haviam procurado para lhe fazer perguntas. Nos dias que se seguiram, Berenice recolheu do atelier de Félix todas as pinturas já prontas, esboços, esculturas e também as telas de seu pai, Edmundo.

Félix chegaria no dia seguinte. Telefonou dizendo a ele que iria pegá-lo no aeroporto e o levaria a um *vernissage* na cidade de Campos do Jordão. Campos fervilhava de turistas e atividades culturais.

Havia organizado uma exposição importante de Félix no Palácio do Governo, com a presença do próprio governador na inauguração. Félix ficou entusiasmado. Berenice lhe disse que havia alugado um chalé próximo ao palácio.

Saíram do aeroporto de Cumbica em direção a Campos do Jordão no carro de Berenice. Lá chegando ela o deixou descansar. O chalé isolado ficava no Alto da Boa Vista, próximo ao Palácio. Estava frio e uma neblina congelante preparava-se para cobrir a cidade. No final da tarde após descansar, Félix tomou um banho bem quente e vestiu-se para ir jantar. Comeram uma fondue de queijo regado com um bom vinho.

- Tenho uma surpresinha preparada para você em casa.
- Eu não gosto de surpresas.

- Esta você vai gostar. Foi tudo bem em Aspen?
- Sim. Nos próximos dias as caixas onde coloquei os desenhos que lá produzi deverão chegar.

Voltaram à casa onde Berenice havia ligado o aquecimento e a lareira. Estava quente e aconchegante. Abriram mais uma garrafa de vinho e se abraçaram.

- Preciso que você assine um documento delegando uma ampla autorização para que eu o represente.
- Precisa ser agora?!
- Sim, meu querido. Deixei tudo pronto na mesa. Vá, enquanto preparo minha surpresa no quarto.

Berenice tinha certeza que ele nem leria o tal documento que, na verdade, era uma ampla doação de todo seu acervo.

Quando ele voltou ao quarto ela estava nua e pediu que ele também tirasse a roupa e deitasse.

- Que música te faz chorar?
- Tem muitas músicas que me emocionam - Mahler e seu *Adagietto* da 5ª sinfonia, mas acho que *Sheherazade* de Rimsky-Korsakoff tem um efeito realmente poderoso sobre mim.
- Eu sabia! Relaxe.

A história de Sheherazade narra o uso de uma artimanha para vencer, ou pelo menos adiar, o desígnio letal de um soberano com poderes ilimitados. O sultão impiedoso, para vingar-se de uma traição, a matou e daí para frente mataria todas as virgens que escolhia, após passar a noite com elas. Sheherazade, ao contrário de todas que estavam apavoradas pela possibilidade de serem escolhidas pelos emissários do sultão, pede ao seu pai que a apresente aos tais emissários para ser escolhida. Inicia-se a saga das 1001 noites em que Sheherazade contava ao sultão suas histórias de príncipes, fadas e gênios até que o sultão a recebeu como sua esposa e parou de matar. Celebra-se a vida ao som da música de Rimsky-Korsakoff. Celebra também a preservação da memória e obra do artista da execração pública.

Berenice ligou o aparelho de som. Selecionou a música e abriu a gaveta da cômoda de onde tirou alguns lenços de seda.

- O que você pretende? - ele perguntou, curioso e excitado.
- Calma, você vai entender. Quer mais vinho?
- Sim.

Ela lhe ofereceu a taça enquanto amarrava os tornozelos e, em seguida, os punhos. Abriu outra gaveta de onde tirou um frasco de óleo essencial de amêndoa. Começou um lento ritual de massagem tailandesa, esfregando-se nele deliciosamente, ao som daquela música. Nos acordes finais, como se tivessem ensaiado, chegaram a um gozo intenso que os emocionou. Ficaram juntos por alguns momentos até que Berenice se levantou e tirou do bolso de seu casaco pendurado no mancebo ao lado da cama uma pílula com jeito de algum medicamento.

- Agora você vai engolir esta pílula e dormir em paz - disse com firmeza, embora não pudesse evitar as lágrimas.
- O que é isto, Berenice?
- Não vai doer e será rápido. Não tenho força e nem coragem para te sufocar.

- Mas, por quê?!
- Se eu lhe dissesse que minha unha precisa ser cortada, você acreditaria?
- Não!
- Eu sei, mas a polícia vai descobrir tudo.
- Como?!
- Um daqueles esboços que você estava desenhando no Luxemburgo foi levado pelo vento na varanda da casa. Lembra?
- Sim.
- Pois acharam o tal desenho depois que o proprietário da casa encontrou a cova rasa que fizemos no meio daquela floresta.
- Filho da puta!
- Sim. O esboço colocou a polícia no seu encalço. Vão te encontrar.
- E o que você pretende com isso?
- Não posso permitir que sua obra se perca. Vou passar um tempo na

cadeia, mas estarei protegendo meu filho, meus pais e sua memória. Vou assumir a culpa por tudo e você não poderá me contradizer.

- Entendo. Você vai pagar por três crimes: eu, Itaquaquecetuba e, talvez, Luxemburgo.
- Sim.
- Faz sentido. Me dê mais um pouco de vinho.
- Sim, meu querido. Acho que com um bom advogado dentro de 6 anos estarei em regime semiaberto, talvez até antes por causa do meu filho.
- Me dê logo esta pílula. Vamos acabar logo com isto.

Félix facilitou as coisas para Berenice. No fundo ele sabia que sua brincadeira com o Tenente Rigoberto comportava aquele risco, mas achou que o divertimento valeria a pena. E valeu, durante muitos anos. Algum dia, uma pequena distração, uma digital perdida na lateral de alguma geladeira, um fio de cabelo enroscado em alguma almofada, algum telefonema, poderia levar a polícia ao caminho do artista *"serial killer"*. Mesmo assim, a brincadeira valeu a pena. Félix não imaginou que a história terminaria daquela forma, com o plano bombástico que Berenice havia arquitetado. Sim, sua obra tomaria um outro vulto, pensou com graça: ele se tornaria um "mártir das artes", injustamente suspeito de assassinatos que nunca havia cometido. Foi usado por uma criminosa fria e calculista que, com bons advogados, estaria fora das grades rapidamente. Seria fácil para ela mostrar aos psiquiatras que não era uma psicopata e que não representava um risco para a sociedade, embora oficialmente tivesse sido ela a *"serial killer"* de pelo menos 3 casos confirmados com cadáveres. Quem não ficaria penalizado por ela e pelo filho com síndrome de Down e seus pais idosos que precisavam desesperadamente de sua ajuda? Sim, o plano de Berenice era fantástico, muito melhor que o seu e, ainda por cima, ela garantiria a imortalidade de sua obra, até internacionalmente. Pensou com vaidade: "serei o maior artista da história do Brasil"! Medo de morrer? Ridículo. Tenho medo de ficar velho, de ficar demente, de ficar doente, de não ter mais inspiração. Tenho medo de muitas coisas, mas de morrer?! Vale a pena! Tomou a pílula sem hesitação com um sorriso nos lábios e um último abraço e beijo na mulher de sua vida. Em seu último suspiro ainda teve tempo de lhe dizer ao ouvido, "obrigado".

A trama que começou com aquele primeiro esboço enviado a Rigoberto teve um desfecho trágico e totalmente inesperado. Depois que Félix fechou os olhos pela última vez, Berenice se preparou para o ato final. Tomou um banho, se vestiu elegantemente, ligou para seus pais para explicar que teriam alguns problemas, mas que era para ficarem calmos. Pediu que tivessem confiança nela, que diriam muitas mentiras, que não recebessem nenhum jornalista e que cuidassem de seu filho. Garantiu que nada lhes faltaria. Depois foi ao Palácio do Governo para a inauguração da mostra de Félix. Com o governador ao seu lado, em frente a todos, declarou que havia matado Félix por envenenamento e pediu para que a polícia ali presente a prendesse. Foi o maior golpe publicitário da história das artes plásticas no Brasil.

- O que foi que aconteceu? - perguntou Assis ao lado de Rigoberto.

- Ora, delegado, eu tive que matá-lo, pois ele descobriu que eu o estava usando como isca.

- Não acredito em você, Berenice.

- Isso não tem mais importância agora. Eu sou a assassina de Itaquaquecetuba e dos outros. Vou confessar tudo.

- Ora, Berenice, você não é pintora. Quem fez aqueles esboços?

- É claro que foi o Félix, mas lembre-se delegado, sou sua agente e principal colecionadora. Sempre tive acesso a toda sua produção. Não foi difícil escolher alguns esboços - ele adorava Magritte - e enviá-los ao tenente.

- Mas, afinal, por que você o matou?

- Eu precisava cortar minha unha, delegado. Além disso, com suas perguntas ele começou a desconfiar de mim. Precisei acabar com tudo. Agora vamos poder descansar.

O delegado Assis e Rigoberto prosseguiram incrédulos com as investigações, mas se renderam à falta de evidências que pudessem levá-los a uma outra linha investigatória. Sabiam que ela tinha grande interesse em calar Félix, pois dessa forma poderia preservar sua memória artística e o valor de sua obra. Não conseguiram ligar todos os pontos daquela trama e os colegas da Interpol também se mostraram frustrados porque nunca mais encontrariam todas as vítimas daquele *"serial killer"* que os enganou até o fim.

Ela responde pelos crimes de Itaquaquecetuba, Luxemburgo e Félix. Os outros corpos nunca foram encontrados. Em poucos anos saiu da prisão.

Made in the USA
Middletown, DE
24 April 2023